A NUVEM DA MORTE

AVENTURA
DOS CLÁSSICOS

A. CONAN DOYLE

A NUVEM DA MORTE

Tradução de
RODRIGO LACERDA

Apresentação de
INÁ CAMARGO COSTA

São Paulo – 3ª edição – 2015

Título Original: *The Poison Belt*
© *Copyright*, 1994. Editora Nova Alexandria Ltda.

3ª edição 2015 – em conformidade com a nova ortografia

Todos os direitos reservados.
Editora Nova Alexandria Ltda.
Avenida Dom Pedro I, 840
Vila Monumento
01552-000 — São Paulo — SP
Tel./fax: (11) 2215-6252
novaalexandria@novaalexandria.com.br
www.novaalexandria.com.br

Revisão: Beatriz Simões e Juliana Messias
Capa: Viviane Santos
Ilustração: Marcos Smirkoff
Editoração eletrônica: Suzete J. da Silva

Dados Internacionais de Catalogação na Publicação (CIP)
(Câmara Brasileira do Livro, SP, Brasil)

Doyle, Sir Arthur Conan, 1859-1930
    A nuvem da morte I Arthur Conan Doyle; tradução de Rodrigo Lacerda; apresentação de Iná Camargo Costa. — São Paulo: Nova Alexandria, 2011.

ISBN 978-85-7492-306-2

    1. Ficção policial e de mistério (Literatura Inglesa)
    2. Romance inglês I. Lacerda, Rodrigo II. Costa, Iná Camargo III. Título

94-1364   CDD-823.91

Índices para catálogo sistemático:
    1. Romances: Século 20: Literatura inglesa 823.91
    2. Século 20: Romances: Literatura inglesa 823.91

A. CONAN DOYLE

A NUVEM
DA MORTE

Sumário

Apresentação 9

Capítulo 1 – A Borradura das Linhas 15

Capítulo 2 – A Maré da Morte 35

Capítulo 3 – Submersos 55

Capítulo 4 – O Diário dos que Morrem 75

Capítulo 5 – O Mundo Morto 90

Capítulo 6 – O Grande Despertar 109

Apresentação

Sir Arthur Conan Doyle (1859-1930) é o célebre criador do detetive Sherlock Holmes. A tal ponto seu nome ficou vinculado ao seu personagem que poucos se lembram das outras criações literárias do escritor. Contrariando mesmo a opinião dos seus admiradores, ele nem sequer considerava literatura as aventuras de seu detetive e sonhava tornar-se grande escritor praticando, por exemplo, o romance histórico com muito mais empenho.

Seguindo a tendência mundial, os editores brasileiros costumam publicar apenas as aventuras de Sherlock Holmes, quando muito fazendo referência aos outros gêneros cultivados pelo escritor. Mas com a publicação deste *A nuvem da morte*, o leitor toma contato com uma outra faceta de Conan Doyle, a da ficção científica, com muitas das qualidades que fazem a graça e o interesse de Sherlock Holmes.

Essas qualidades podem ser vistas, por exemplo, na situação em que o narrador se encontra em relação à história e aos demais personagens. Como Dr. Watson, companheiro de Holmes, o narrador desta aventura custa um pouco a entender a situação espantosa em que foi posto, mas depois reconstitui minuciosamente episódios e conversas em que tudo se esclarece. Trata-se aqui de Malone, um jornalista aparentemente especializado em reportagens especiais, de preferência com sabor de aventura, que já viveu outras histórias estranhas e emocionantes como esta ao lado de seus companheiros.

A nuvem da morte mostra ainda o envolvimento profundo do Dr. Conan Doyle, que era médico, com as teorias científicas de seu tempo. Explorando uma delas, a do éter — desenvolvida por um adepto da teoria ondulatória para explicar a propagação da luz — que só depois de Einstein foi devidamente refutada, nosso autor cria uma história muito curiosa sobre o tema do "fim do mundo". No caso, a humanidade desapareceria por causa de um inesperado envenenamento provocado por uma desconhecida alteração sofrida pelo éter. Malone é o repórter desses acontecimentos e aquele que vai registrar a explicação dada pelo Dr. Challenger, o único cientista a compreender os sinais do envenenamento em curso.

Conduzido por Malone, o leitor vai saboreando cada passo desta aventura, num relato em que se destaca, sobretudo, aquela qualidade de Conan Doyle bastante admirada pelos leitores do Sherlock Holmes: a armação do enredo e dos diálogos apoiada em raciocínios lógicos extremamente rigorosos e rápidos, o que explica também a seleção criteriosa dos incidentes relatados, que aos poucos o leitor vai encaixando e compreendendo, ao mesmo tempo em que Malone.

Tal qualidade dá maior interesse à história, pois demonstra que um escritor com vigoroso domínio da técnica consegue absorver a nossa atenção mesmo inspirado numa falsa teoria científica. Sobretudo se o seu ponto de partida é uma reflexão sobre a fragilidade da espécie humana, num planeta perdido no universo.

Iná Camargo Costa

Professora no Departamento
de Teoria Literária e Literatura
Comparada da USP

A NUVEM
DA MORTE

CAPÍTULO 1

A BORRADURA DAS LINHAS

É imprescindível e urgente, aproveitando a clareza desses acontecimentos estupendos em minha mente, que eu os transcreva com a exatidão de detalhe que o tempo poderá apagar. Porém, enquanto o faço, ainda sou arrebatado pelo espanto de ter sido nosso pequeno grupo de O *Mundo Perdido** — o professor Challenger, o professor Summerlee, lorde John Roxton e eu — que passou por essa experiência impressionante.

Alguns anos atrás, quando relatei na *Gazette* nossa antológica expedição à América do Sul, estava distante a ideia de ter de contar uma experiência pessoal ainda mais estranha, uma que é única nos anais da humanidade, e que deve se destacar nos registros da história como um grande pico entre os morros simplórios que o cercam. O fato propriamente dito será sempre incrível, mas a circunstância de estarmos os quatro juntos no momento desse extraordinário episódio se desenhou de forma

---

* Obra anterior de Conan Doyle, publicada em 1912. N.do.T.

natural e até mesmo inevitável. Explicarei os eventos que levaram a isso tão sucinta e claramente quanto puder, apesar de saber que, quanto maior o número de detalhes sobre o tema, melhor será sua recepção junto ao leitor, pois a curiosidade pública tem sido, e ainda é, insaciável.

Era uma sexta-feira, dia vinte e sete de agosto — data para sempre memorável na história do mundo — quando fui à redação de meu jornal e pedi três dias de licença ao sr. McArdle, que ainda presidia nosso departamento de notícias. O velho e bom escocês balançou a cabeça, coçou sua escassa franja de penugem avermelhada e, finalmente, verbalizou sua relutância.

— Eu estava pensando, sr. Malone, que o senhor poderia nos ser útil esses dias. Estava pensando em uma história na qual o senhor é o único homem capaz de trabalhar como ela deveria ser trabalhada.

— Eu lamento — respondi, tentando esconder meu desapontamento.

— É claro que, se eu sou necessário, nem se fala mais nisso. Mas o compromisso era importante e íntimo. Se eu pudesse ser poupado.

— Bem, eu não acho que possa.

Foi duro, mas eu tinha de estampar a melhor reação possível diante do fato. Afinal, a culpa era toda minha, pois a essa altura eu já deveria saber que um jornalista não tem o direito de fazer seus próprios planos.

— Então não pensarei mais no assunto — eu disse, com tanta alegria quanto pude demonstrar de sopetão.

— Em que o senhor queria me ver trabalhando?

— Bem, era apenas para entrevistar aquele homem endiabrado lá em Rotherfield.

— O senhor não se refere ao professor Challenger? — exclamei.

— Sim, é a ele mesmo que me refiro. Ele arrastou o jovem Alec Simpson, do *Correio*, pela gola do casaco e pela folga no cós de suas calças, por uma milha ao longo da serra na semana passada. Você deve ter lido sobre isso, quero crer, no relatório policial. Nossos rapazes preferem mil vezes entrevistar um crocodilo solto no zoológico. Mas você poderia fazê-lo, penso eu — um velho amigo como você.

— Ora — disse muito aliviado — isso torna tudo mais fácil. Era para visitar o professor Challenger em Rotherfield que eu estava pedindo a licença. O fato é que comemoramos o aniversário de nossa principal aventura no platô há três anos, e ele convidou todo o nosso grupo para vê-lo e celebrar a ocasião.

— Excelente! — gritou McArdle, esfregando as mãos e radiante por trás de seus óculos. — Então você conseguirá extrair as opiniões dele. Se fosse qualquer outro homem, eu o chamaria de lunático, mas ele acertou uma vez, e quem sabe não o fará novamente?

— Extrair o que dele? — perguntei. — O que ele tem feito?

— Você não leu sua carta sobre as "Possibilidades Científicas" hoje no *Times*?

— Não.

McArdle agachou-se num mergulho e pegou uma cópia do chão.

— Leia em voz alta — disse ele, indicando uma coluna com o dedo. — Eu quero ouvir mais uma vez, pois agora não estou mais certo de haver compreendido claramente a mensagem do homem.

Esta foi a carta que eu li para o editor da *Gazette*.

"POSSIBILIDADES CIENTÍFICAS"

— SENHOR,

— Eu li com grande diversão, não inteiramente separada de outra emoção menos elogiosa, a complacente e inteiramente despropositada carta de James Wilson MacPhail, que apareceu recentemente em suas colunas sobre a borradura das linhas de Frauenhofer no espectro tanto dos planetas quanto das estrelas fixas. Ele descarta o assunto como sendo de nenhuma relevância. Para uma inteligência mais abrangente, isso pode bem ser de uma importância muito grande — grande o bastante para envolver a sobrevivência de cada homem, mulher e criança neste planeta. Tenho poucas esperanças de, fazendo uso de uma linguagem científica, transmitir o que quero aos incompetentes que extraem suas ideias das colunas de um jornal diário. Eu tentarei, portanto, ser condescendente com suas limitações, e apresentar a situação por meio do uso de uma analogia prosaica, que estará dentro dos limites da inteligência de seus leitores.

— Rapaz, ele é um espanto — um espanto em forma de gente! — disse McArdle, balançando a cabeça de maneira reflexiva. — Ele seria capaz de criar uma confusão na sacristia. Não admira que Londres tenha se transformado num campo minado para ele. É uma pena, sr. Malone, pois é uma grande cabeça! Bem, vamos à analogia.

— Vamos supor — eu li — que um pequeno grupo de rolhas amarradas fosse lançado numa fraca corrente marítima durante uma viagem através do Atlântico. As rolhas navegariam lentamente, dia a dia, com as mesmas condições à volta delas. Se as rolhas fossem capazes de percepção, poderíamos imaginar que elas considerassem essas condições permanentes e asseguradas. Mas nós, com nosso conhecimento superior, sabemos que muitas coisas podem acontecer para surpreender as rolhas. Elas podem, talvez, flutuar em direção a um navio, ou a uma baleia adormecida, ou ficarem enroscadas numa alga. De qualquer forma, sua viagem provavelmente terminaria com elas sendo jogadas contra a costa rochosa de Labrador. Mas o que poderiam elas saber enquanto flutuavam a cada dia, tranquilamente, no que pensavam ser um oceano homogêneo e sem limites?

"Seus leitores possivelmente compreenderão que o Atlântico, nessa parábola, representa o gigantesco oceano de éter através do qual nós flutuamos e que o grupo de rolhas representa o pequeno e desimportante sistema solar a que pertencemos; um sol de terceira categoria, com sua infinidade anônima de satélites insignificantes. Nós flutuamos sob as mesmas condições em direção a um fim desconhecido, uma pálida catástrofe que nos destruirá nos mais longínquos confins do espaço, para onde somos levados por um Niágara etéreo, ou jogados contra algum Labrador inimaginável. Não vejo nenhum motivo para o otimismo rasteiro e ignorante de seu correspondente, o sr. James Wilson MacPhail, mas muitas razões para que devêssemos assistir, com atenção muito interessada e cuidadosa, a toda indicação de mudança nas circunstâncias cósmicas das quais, em última instância, nosso destino pode depender."

— Rapaz, ele teria sido um grande ministro — disse McArdle. — Simplesmente ecoa como um órgão. Vamos direto para o que o está preocupando.

"A borradura e a alteração generalizadas das linhas Frauenhofer apontam, em minha opinião, para uma vasta mudança cósmica de caráter complexo e singular. A luz de um planeta é a luz do sol refletida. A luz de uma estrela é uma luz autoproduzida. Mas o espectro tanto dos planetas quanto das estrelas, neste momento, passou pela mesma mudança. É, então, uma mudança nesses planetas e estrelas? Para mim, tal ideia é inconcebível. Que mudança comum poderia simultaneamente sobrevir a todos eles? É possível, mas altamente improvável, desde que não vemos nenhum sinal dela a nossa volta, e a análise química não conseguiu detectá-la. Qual é, então, a terceira possibilidade? Que possa haver uma mudança no meio condutor, nesse éter infinitamente espalhado que se estende de estrela a estrela e permeia todo o universo. No fundo daquele oceano, estamos flutuando sobre uma lenta corrente. Não pode essa corrente nos arrastar a nuvens de éter que são novas e têm propriedades que nunca concebemos? Há uma mudança em algum lugar. Esse distúrbio cósmico do espectro prova isso. Pode ser uma mudança para o bem. Pode ser para o mal. Pode ser uma de caráter neutro. Não sabemos. Observadores medíocres podem tratar o assunto como algo sem importância, mas alguém que, como eu, possui a inteligência mais profunda do verdadeiro filósofo, entenderá que as possibilidades do universo são incalculáveis e que o homem mais sábio é aquele que se mantém pronto para o inesperado. Para pegar um exemplo óbvio, quem arriscaria dizer que a misteriosa e universal irrupção da doença, registrada em suas colunas nesta mesma manhã, como tendo começado nas raças indígenas de Sumatra, não tem qualquer conexão com alguma mudança cósmica à qual eles respondem mais rapidamente do que os povos mais complexos da Europa? Eu jogo essa ideia no ar sem maiores pretensões. Ratificá-la é, no presente momento, tão inútil quanto negá-la, mas é um palerma sem imaginação quem for obtuso a ponto de não perceber que está dentro dos limites da possibilidade científica.

"Sinceramente seu,

George Edward Challenger.

Briars, Rotherfield."

— É uma carta bem escrita e estimulante — disse McArdle, pensativamente, encaixando um cigarro no longo tubo de vidro que usava como piteira. — Qual sua opinião sobre ela, Malone?

A nuvem da morte

Eu tive de confessar minha total e humilhante ignorância no assunto em questão. O que, por exemplo, eram as linhas Frauenhofer? McArdle estivera, no escritório, justamente estudando o assunto com a ajuda de nosso cientista mascote, e ele pegou da mesa duas dessas fitas espectrais multicoloridas que demonstram certa semelhança com as fitas dos chapéus de algum jovem e ambicioso clube de críquete. Ele me mostrou que havia algumas linhas pretas, formando um xadrez sobre as séries de cores brilhantes e estendendo-se do vermelho numa das pontas, por meio de gradações de laranja, amarelo, verde, azul e índigo, até o violeta na outra.

— Essas faixas pretas são as linhas Frauenhofer — disse ele. — Essas cores são apenas luz pura. Toda a luz, se você puder dividi-la com um prisma, dá as mesmas cores. Elas nada nos dizem. São as linhas que contam, porque variam de acordo com a fonte produtora da luz, qualquer que seja ela. São essas linhas que foram borradas, perdendo a nitidez nessa última semana, e todos os astrônomos têm discutido sobre o motivo. Aqui está uma fotografia das linhas borradas para nosso número de amanhã. O público não se interessou pelo assunto até agora, mas essa carta de Challenger no *Times* deve fazê-lo acordar, acho eu.

— E essa história sobre Sumatra?

— Bem, é um palpite arriscado ligar uma linha borrada a um preto doente na Sumatra. E, no entanto, o homem já nos mostrou uma vez que sabe o que está falando. Existe uma estranha doença lá embaixo, disso não há dúvida, e hoje há um telegrama recém-chegado de Cingapura, dizendo que as usinas de luz estão apagadas nos estreitos do Sudão e, consequentemente, dois navios encalharam. De qualquer forma, é o suficiente para você entrevistar Challenger. Se você conseguir algo de concreto, mande-nos na segunda-feira.

Eu estava saindo da sala do editor, remoendo em minha cabeça a nova tarefa, quando ouvi meu nome sendo chamado na sala de espera do primeiro andar. Era o carteiro com um telegrama que fora enviado a meus alojamentos em Streatham. A mensagem vinha do mesmo homem sobre o qual estivéramos discutindo e dizia assim:

"Malone, 17, Hill Street, Streatham. — Traga oxigênio — CHALLENGER."

— Traga oxigênio! — O professor, segundo as minhas lembranças, tinha um senso de humor elefantino, capaz das mais desastradas e intempestivas brincadeiras. Seria essa uma das piadas que costumavam levá-lo a gargalhadas sonoras, quando seus olhos desapareciam, e ele era todo boca aberta e barba tremulante, numa suprema indiferença para com a gravidade de todos à sua volta? Eu reli as palavras, mas não pude apreender nada sequer remotamente engraçado. Era certamente uma ordem concisa — apesar de muito estranha. Ele era o último homem no mundo a quem eu me daria ao trabalho de desobedecer. Talvez alguma experiência química estivesse em andamento; talvez. Bem, não era de minha conta especular para que ele queria oxigênio. Eu devia consegui-lo. Havia quase uma hora antes que eu tivesse de pegar o trem na estação Victória. Peguei um táxi e, tendo obtido o endereço numa lista telefônica, rumei para a Companhia de Fornecimento de Tubos de Oxigênio, na rua Oxford.

Enquanto eu saltava na calçada tendo chegado a meu destino, dois jovens emergiram da porta do estabelecimento carregando um cilindro de ferro, o qual, com alguma dificuldade, eles içaram para dentro de um automóvel que esperava. Um homem de mais idade estava em seus calcanhares, reclamando e orientando-os numa voz áspera e sardônica. Ele se virou para mim. Não havia como confundir aqueles traços austeros e aquela barba de bode. Era o meu velho amigo de fé, professor Summerlee.

— O quê? — ele gritou. — Não me diga que você recebeu um desses absurdos telegramas pedindo oxigênio?

Eu exibi o meu.

— Ora, ora! Eu recebi um também e, como pode ver, muito a contragosto, agi conforme as instruções. Nosso bom amigo está tão impossível quanto antes. A necessidade de oxigênio não podia ser tão urgente para que precisasse abandonar os meios usuais de fornecimento e abusar do tempo dos que têm mais a fazer do que ele. Por que ele não podia encomendar diretamente?

Eu só podia supor que ele precisasse daquilo imediatamente.

— Ou pensou que precisava, o que é outro problema. Mas é desnecessário, agora, que você adquira mais, uma vez que eu já tenho uma quantidade considerável.

— No entanto, por alguma razão, ele parece querer que eu leve oxigênio também. Será mais seguro fazer exatamente como ele me pede.

Seguindo meu palpite, apesar dos muitos protestos e reclamações de Summerlee, eu pedi um tubo adicional, o qual foi colocado em seu automóvel, pois ele me havia oferecido uma carona até a estação.

Eu me afastei para acertar as contas com o táxi, cujo motorista foi muito ríspido e abusivo na cobrança. Quando voltei até o professor Summerlee, ele estava tendo uma irada alteração com o homem que carregara o oxigênio. Um dos sujeitos o chamara, se bem me lembro, "de cacatua velha e desmiolada", o que irritou de tal forma seu motorista, que este saltou do carro para defender o patrão insultado, e foi tudo que pudemos fazer para evitar uma arruaça.

Essas pequenas coisas podem parecer triviais num relato e passaram como simples incidentes naquele momento. Apenas agora, quando olho para trás, é que vejo a relação que tinham com toda a história que tenho a revelar.

O motorista devia ser, como me pareceu, um novato ou, então, perdeu a cabeça nesse distúrbio, pois dirigiu perigosamente a caminho da estação. Por duas vezes, nós quase batemos em outros veículos que, igualmente, cometiam erros, e lembro-me de comentar com Summerlee que a qualidade dos motoristas de Londres havia caído muito. Numa oportunidade, passamos raspando na beira de uma grande multidão que observava uma briga na esquina da Mall*. As pessoas, muito excitadas, davam gritos de fúria contra o motorista desastrado, e um sujeito subiu no estribo do automóvel e balançou um porrete sobre nossas cabeças. Eu o empurrei para fora, mas nos alegramos quando tomamos distância deles e ficamos a salvo fora do parque. Esses pequenos eventos, um após o outro, deixaram-me com os nervos abalados, e eu podia ver, pelo ar petulante de meu companheiro, que sua própria paciência estava por um fio.

Mas nosso bom humor foi restaurado quando vimos lorde John Roxton esperando-nos na plataforma, sua figura alta, esbelta, trajando um inadequado terno de caça de tweed amarelo. Seu rosto anguloso, com aqueles olhos inesquecíveis, tão severo e ao mesmo tempo tão bem-humorado, iluminou-se de prazer ao nos avistar. Seu cabelo avermelhado fora invadido pelo cinza, e as rugas em sua testa foram aprofundadas um pouco mais pela talhadeira do tempo, mas em tudo o mais ele era o lorde John, nosso bom camarada no passado.

---

* Pall Mall, nome dado a uma rua muito famosa de Londres, na qual se localizava um campo do jogo homônimo, muito popular no século XVII. N. do T.

— Olá, *Herr* professor! Olá, garoto! — ele gritou enquanto vinha em nossa direção.
Ele gargalhou estrondosamente quando viu atrás de nós os cilindros de oxigênio sobre o carrinho do carregador.
— Então, vocês trouxeram também! — gritou ele. — O meu está no vagão. Atrás de que estará o nosso amigo?
— Você viu sua carta no *Times*? — perguntei.
— O que dizia?
— Bobagens sem sentido! — disse Summerlee rispidamente.
— Bem, tem alguma relação com essa história do oxigênio, se não me engano — falei.
— Bobagens sem sentido! — disse Summerlee novamente, com uma violência bastante desnecessária.

Nós tínhamos entrado no vagão de fumantes da primeira classe, e ele já havia acendido seu pequeno e escurecido cachimbo de madeira, que parecia queimar a ponta de seu longo e agressivo nariz.

— O nosso Challenger é um homem inteligente — disse ele, com grande veemência. — Ninguém pode negá--lo. Seria um tolo quem o negasse. Veja o seu chapéu. Há umas sessenta onças* de cérebro dentro dele — um grande motor funcionando sem dificuldade e produzindo um trabalho eficiente. Mostre-me a casa de máquinas e lhe direi o tamanho do motor. Mas ele é um charlatão nato — vocês já me ouviram dizê-lo na cara dele — um charlatão nato, com uma espécie de queda dramática para a publicidade. As coisas estão calmas, então nosso Challenger vê uma chance de botar o público falando dele. Você não acha que ele realmente acredita em toda essa besteira sobre uma mudança no éter e um perigo para a humanidade? Vocês já viram até hoje uma história mais estapafúrdia?

---

* Onça é uma medida de peso equivalente, na Inglaterra a 28,349 gramas.

Ele se sentou como um velho corvo branco, grasnando e tremendo com uma gargalhada sardônica.

Uma onda de raiva passou por mim enquanto ouvia Summerlee. Era horrível de sua parte falar assim do líder que havia sido a fonte de toda nossa fama e nos dera uma experiência pela qual nenhum homem jamais passara. Eu tinha aberto minha boca para balbuciar alguma espécie de resposta, quando lorde John tomou a minha palavra.

— Você teve uma rusga antes com o velho Challenger — disse ele austeramente —, você caiu do cavalo em dez segundos. Parece-me, professor Summerlee, que ele está acima de sua categoria, e o melhor que você pode fazer é ficar longe e deixá-lo em paz.

— Além do que — disse eu —, ele tem sido um bom amigo para todos nós. Quaisquer que sejam suas faltas, sua retidão é inequívoca, e eu não acredito que ele fale mal de seus companheiros pelas costas.

— Bem dito, meu caro jovem — disse lorde John Roxton. Então, com um sorriso gentil, ele bateu carinhosamente no ombro do professor Summerlee. — Ora, *Herr* professor, não vamos brigar a essa hora do dia. Já passamos por muita coisa juntos. Mas vá com calma no que se refere a Challenger, pois esse rapaz e eu temos certa fraqueza pelo velho amigo.

Mas Summerlee não estava com espírito conciliatório. Seu rosto se torceu numa desaprovação rígida e grossas nuvens de raivosa fumaça levantaram de seu cachimbo.

— Quanto a você, lorde John Roxton — disse ele estridente —, sua opinião numa questão científica vale, no meu entender, tanto quanto valeriam para você minhas ideias a respeito de um novo tipo de espingarda. Eu tenho meu próprio julgamento, senhor, e uso-o à minha maneira. Porque ele me enganou uma vez, isso lá é motivo para que eu deva aceitar todas as coisas que esse homem resolva defender, sem julgamento crítico e por mais extravagantes que sejam? Devemos nós ter um "papa da ciência", com decretos infalíveis dispostos *ex cathedra*, e aceitos sem questionamentos pelo pobre e humilde público? Eu lhe digo, senhor, que tenho um cérebro independente e que eu me sentiria um esnobe e um escravo se não o usasse. Se lhe agrada acreditar nessa balela sobre éter e linhas de Frauenhofer sobre um espectro, faça-o à vontade, mas não peça a alguém mais velho e mais sábio que você para compartilhar de sua loucura. Não é evidente que, se o éter estivesse afetado no grau que ele supõe e se isso fosse danoso à saúde humana, o resultado já seria aparente em nós mesmos? — Aqui, ele riu com um triunfo sonoro por causa de seu próprio argumento. — Sim, senhor, nós já deveríamos estar muito longe de nosso estado normal e, em vez de estarmos sentados calmamente discutindo problemas científicos num trem, estaríamos demonstrando sintomas reais do veneno agindo sobre nós. Onde vemos qualquer sinal desse distúrbio cósmico venenoso? Responda-me isso, senhor! Responda-me isso! Vamos, vamos, sem evasões! Eu o desafio a responder!

Eu sentia mais e mais raiva. Havia algo muito enervante e agressivo no comportamento de Summerlee.

— Acho que se soubesse mais sobre os fatos, você poderia estar menos convicto de sua opinião — disse eu.

Summerlee tirou o cachimbo da boca e fixou em mim um olhar de pedra.

— Por favor, o que o senhor quer dizer com essa observação um tanto impertinente?

— Quero dizer que, enquanto eu deixava a redação, o editor me falou de um telegrama que confirmava a doença generalizada nos nativos da Sumatra e acrescentava que as luzes não acenderam nos estreitos de Sudão.

— Realmente, deveria haver limites para a loucura humana! — gritou Summerlee, numa autêntica fúria. — Será possível que você não perceba que o éter, se por um momento adotássemos a bombástica suposição de Challenger, é uma substância universal, é idêntica aqui como do outro lado do mundo? Você por um momento supõe que exista um éter na Inglaterra e um éter na Sumatra? Talvez você imagine que o éter em Kent é, de alguma forma, superior ao éter de Surrey, através do qual este trem está nos levando. Não há realmente limites para a credulidade e a ignorância do homem leigo mediano. É concebível que o éter na Sumatra seja tão letal a ponto de causar a completa insensibilidade, ao mesmo tempo em que o éter aqui não teve qualquer efeito perceptível sobre nós? Pessoalmente, eu só posso dizer que nunca me senti mais forte e mais bem equilibrado mentalmente em toda a minha vida.

— Isso pode ser. Eu não alego ser um cientista — respondi —, apesar de ter ouvido em algum lugar que a ciência de uma geração é, em geral, desacreditada na próxima. Mas não exige muito bom-senso para ver que sabemos muito pouco sobre o éter, a ponto de ele poder ser afetado por condições locais em várias partes do mundo, e talvez tenha um efeito lá que se manifestará em nós apenas mais tarde.

— Com "pode" e "talvez" qualquer coisa é passível de comprovação — gritou Summerlee furiosamente. — Porcos poderiam voar. Sim, senhor, porcos *poderiam* voar, mas não voam. Não vale a pena discutir com vocês. Challenger encheu-os de suas loucuras e vocês dois são incapazes de argumentar. Seria melhor eu debater com as almofadas do trem.

— Devo dizer, professor Summerlee, que seus modos não parecem ter melhorado desde a última vez em que eu tive o prazer de encontrá-lo — disse severamente lorde John.

— Vocês aristocratas não estão acostumados a ouvir a verdade — respondeu Summerlee, com um sorriso amargo. — Mas é um pequeno choque, não é, quando alguém lhe mostra que seu título não o transforma num homem menos ignorante?

— Por minha fé — disse lorde John, muito rígido e austero —, se fosse mais jovem, o senhor não teria a coragem de falar comigo de maneira tão ofensiva.

Summerlee empinou o queixo, com seu pequeno tufo de barba de bode.

— Gostaria de que soubesse, senhor, que, jovem ou velho, nunca houve um tempo em minha vida em que eu tivesse medo de dizer o que penso para um vaidoso ignorante — sim, senhor, um vaidoso ignorante, mesmo que você tivesse tantos títulos quanto escravos pudessem inventar e tolos adotar.

Por um momento os olhos de lorde John faíscaram e, então, com um tremendo esforço, ele dominou seu ódio e recostou-se no assento de braços cruzados, e surgiu um amargo sorriso em sua boca. Para mim, tudo isso era terrível e deplorável. Como uma onda de memória, o passado me invadiu, a boa camaradagem, os dias felizes e aventureiros — tudo aquilo que havíamos sofrido, trabalhado e conquistado. Agora, as coisas chegavam a esse ponto — insultos e ofensas! De repente, eu estava soluçando — eram altos sufocantes e incontroláveis soluços que se recusavam a parar. Meus companheiros olharam para mim com surpresa. Eu cobri meu rosto com as mãos.

— Está tudo bem — disse eu. — Mas, mas é uma pena tão grande!

— Você está doente, jovem rapaz, isso é que está errado com você — disse lorde John. — Eu achei você estranho desde o princípio.

— Seus hábitos, senhor, não melhoraram nesses três anos — disse Summerlee, balançando a cabeça.

— Eu também não deixei de observar seu estranho comportamento na hora em que nos encontramos. Você não precisa gastar sua solidariedade, lorde John. Essas lágrimas são puramente alcoólicas. O homem esteve bebendo. Aliás, lorde John, eu o chamei de vaidoso há pouco, o que foi, talvez, excessivamente severo. Mas as palavras me lembram de um pequeno talento, trivial, mas divertido, que costumava ter. Você me conhece como um austero homem de ciência. Você pode acreditar que eu já tive uma merecida reputação, em vários jardins de infância, como um imitador de sons da fazenda? Talvez eu possa ajudar a passar o tempo de forma agradável. Seria de seu agrado me ouvir cantar como um galo?

— Não, senhor — disse lorde John, que ainda estava muito ofendido; — não seria de meu agrado.

— Minha imitação de uma galinha ciscando que acaba de botar um ovo também era considerada acima da média. Poderia eu arriscar?

— Não, senhor, não — certamente que não.

Mas, a despeito dessa implacável proibição, o professor Summerlee pousou o cachimbo e durante o resto da viagem ele nos divertiu — ou tentou sem sucesso divertir — com uma sucessão de gritos de pássaros e animais que pareceram tão absurdos que minhas lágrimas subitamente transformaram-se em barulhentas gargalhadas, quase histéricas, enquanto eu estava sentado de frente para esse grave professor e o via — ou melhor, ouvia — no papel de um estridente galo ou do cachorrinho cujo rabo fora pisado. Num momento, lorde John me passou seu jornal, sobre cuja margem ele havia escrito a lápis, "Pobre diabo! Completamente louco." Sem dúvida, era muito excêntrico, no entanto, eu achei a performance extraordinariamente divertida e inteligente.

Enquanto isso estava acontecendo, lorde John inclinou-se para a frente e me contou uma interminável história sobre um búfalo e um rajá indiano, a qual parecia não ter nem começo, nem fim. O professor Summerlee acabara de começar a trinar feito um canário, e lorde John a chegar ao clímax da história, quando o trem chegou a Jarvis Brook, que nos fora indicada como a estação para Rotherfield.

E lá estava Challenger para nos encontrar. Sua aparência era gloriosa. Nem todos os pavões do mundo poderiam igualar à lenta e altiva dignidade com que ele desfilava em sua própria estação de trem, e o sorriso amável de encorajamento condescendente com o qual ele olhava a todos à sua volta. Alguma coisa mudara nele desde os velhos tempos — seus traços tinham-se acentuado. A enorme cabeça e a vasta superfície da testa, com seu topete de cabelos negros emplastrados, pareciam ainda maior do que antes. Sua barba preta derramava-se para a frente numa impressionante cascata, e seus olhos cinza-claros, com suas pálpebras sardônicas e insolentes, eram ainda mais professorais que outrora.

Ele me deu um aperto de mão divertido e um sorriso encorajador, que o reitor dedica ao rapazola. Tendo cumprimentado os outros, ele nos ajudou a recolher as bagagens e os cilindros de oxigênio a um espaçoso automóvel, que era dirigido pelo mesmo impassível Austin, o homem de poucas palavras, a quem eu vira no papel de mordomo na ocasião de minha primeira e emocionante visita ao professor. Nossa jornada nos levou a subir uma sinuosa colina que atravessava uma bela paisagem rural. Lorde John ainda se debatia com sua história de búfalo, até onde eu podia perceber no momento em que uma vez mais eu ouvi, como antigamente, o profundo resmungo de Challenger e o insistente sotaque de Summerlee, à medida que suas mentes se atracavam num elevado e feroz debate científico. De repente, Austin inclinou seu rosto de pedra em minha direção sem tirar os olhos do volante.

— Estou sob aviso prévio — disse ele.

— Não diga! — exclamei eu.

Tudo parecia estranho hoje. Todos diziam coisas esquisitas, inesperadas. Era como num sonho.

— É a quadragésima-sétima vez — disse Austin, pensativamente.

— Quando você parte? — perguntei, por falta de um comentário melhor.

— Eu não parto — disse Austin.

A conversa parecia haver terminado ali, mas logo ele a retomou.

— Se eu partisse, quem iria tomar conta dele? — Ele apontou seu patrão com a cabeça.— Quem ele conseguiria para servi-lo?

— Outra pessoa — sugeri, sem convicção.

— Não ele. Ninguém ficaria uma semana. Se eu fosse embora, aquela casa pararia como um relógio sem corda. Estou lhe contando porque o senhor é amigo dele, e deveria saber. Se eu fosse embora literalmente — mas eu não teria coragem —, ele e sua senhora ficariam como dois bebês abandonados numa trouxa. Eu faço tudo. E aí ele vem e me demite.

— Por que ninguém ficaria? — perguntei.

— Bem, eles não fariam concessões, como eu faço. Ele é um homem muito inteligente, o patrão é tão inteligente que chega, às vezes, a ser um completo biruta. Eu já o vi de miolo mole, sem dúvida. Bem, veja o que ele fez esta manhã.

— O que ele fez?

Austin inclinou-se para o meu lado.

— Ele mordeu a governanta — disse o mordomo--motorista, num sussurro rouco.

— Mordeu-a?

— Sim, senhor. Mordeu-a na perna. Eu vi com meus próprios olhos, foi uma maratona que começou na porta do hall.

— Meu Deus!

— Era o que diria, senhor, se visse parte do que vem acontecendo. Ele não faz amigos entre os vizinhos. Alguns pensam que ele era um daqueles monstros sobre os quais o senhor escreveu em *Lar Doce Lar*, pois ele nunca teria usufruído de companhia mais adequada. Isso é o que eles dizem. Mas eu o servi dez anos, e gosto dele; veja bem, ele é um grande homem, pesando prós e contras, é uma honra servi-lo. Mas, volta e meia, ele faz crueldades. Agora, olhe bem, senhor. Isso não é o que se chamaria de hospitalidade à moda antiga, é? Apenas leia em voz baixa.

O Carro em menor velocidade havia escalado uma íngreme ladeira em curva. No canto, um cartaz encimava uma bem trabalhada cerca. Como Austin disse, não era difícil ler, pois as palavras eram poucas e alarmantes.

AVISO
Visitantes, Jornalistas e Pedintes
não são bem-vindos.
G.E. CHALLENGER

— Não, não é o que se poderia chamar de caloroso — disse Austin, balançando a cabeça e olhando para o deplorável cartaz no alto. — Não ficaria bem num cartão de natal. Desculpe-me senhor, pois eu não tenho falado tanto assim por mais de um longo ano, mas hoje meus sentimentos parecem ter tomado conta de mim. Ele pode me despedir quantas vezes quiser, mas eu não vou, e não tem conversa. Eu sou fiel e ele é meu patrão, e assim será, eu espero, até o fim.

Tínhamos passado entre os postes brancos de um portão e subido uma entrada, delimitada por moitas de rododentros. Mais além, havia uma casa baixa de tijolos, enriquecida com madeiras brancas trabalhadas, muito confortável e bonitinha. A senhora Challenger, uma figura pequena, asseada e sorridente, postava-se na soleira da porta de entrada para nos receber.

— Bem, minha querida — disse Challenger, pulando fora do carro —, aqui estão nossos visitantes. É uma novidade para nós termos visitantes, não é? Não há muito amor entre nós e nossos vizinhos, há? Se eles pudessem colocar veneno de rato na carroça de nosso padeiro, eu acredito que o fariam.

— É terrível, terrível! — gritou a senhora, entre risos e lágrimas. — George está sempre brigando com todo mundo. Não temos um amigo no campo.

— Isso permite que eu concentre a atenção em minha incomparável esposa — disse Challenger, passando seu braço curto e grosso em volta da cintura dela. Imaginem um gorila e uma gazela, e vocês têm aquele par.

— Ora, esses cavalheiros estão cansados da viagem, e o almoço deve estar servido. Sarah já voltou?

A senhora balançou a cabeça numa lamentação, o professor riu alto e acariciou a barba com seu ar professoral.

— Austin! — gritou ele — quando o carro estiver guardado, você fará a gentileza de ajudar sua patroa a servir o almoço. Agora, cavalheiros, por favor, entrem em meu escritório, pois há uma ou duas coisas urgentes que estou ansioso para lhes dizer.

———✳———

CAPÍTULO 2

A MARÉ DA MORTE

Enquanto cruzávamos o hall, a campainha do telefone tocou e fomos os involuntários ouvintes do fim que o professor Challenger deu ao seguinte diálogo. Digo "nós", mas ninguém num raio de cem jardas poderia deixar de ouvir o ressoar daquela voz monstruosa, que reverberava pela casa. Suas respostas permaneceram em minha cabeça.

— Sim, sim, é claro, sou eu... Sim, certamente, o professor Challenger, o famoso professor, quem mais?... É claro, cada palavra dele... Não deveria me surpreender... Há todos os indícios disso... Dentro de um dia mais ou menos, no máximo... Bem, eu não posso fazer nada, posso?... Muito desagradável, sem dúvida, mas eu acredito que afetará pessoas mais importantes que você. Não adianta ficar se queixando... Não, eu não poderia. Você deve correr o risco... Já chega, senhor. Bobagem! Eu tenho algo mais importante a fazer que ouvir essa conversa fiada.

Ele desligou o telefone com força e nos conduziu escadas acima até um cômodo largo e arejado, que era seu escritório. Na grande mesa de mogno, sete ou oito telegramas fechados se amontoavam.

— Realmente — disse ele, enquanto os recolhia —, começo a achar que eu economizaria o dinheiro de meus correspondentes se adotasse uma caixa postal. Possivelmente "Noé, Rotherfield" seria o mais apropriado.

Como de costume, quando fazia uma piada misteriosa, ele se apoiava na mesa e ecoava num paroxismo de hilaridade, suas mãos tremiam tanto que ele mal podia abrir os envelopes.

— Noé! Noé! — murmurou ofegante, com um rosto cor de beterraba, enquanto lorde John e eu sorríamos solidários, e Summerlee, como um bode dispéptico, balançava a cabeça numa discordância sardônica. Finalmente, Challenger, ainda ecoando e explodindo, começou a abrir seus telegramas. Nós três ficamos à janela em forma de bolha côncava e nos ocupamos olhando a magnífica vista.

Era, certamente, algo digno de se olhar. A estrada, com suas curvas suaves, realmente nos trouxera a uma altura considerável — setecentos pés, como descobrimos mais tarde. A casa de Challenger era na beira da colina, e de sua fachada sul, na qual ficava a janela do escritório, avistava-se uma vasta área dos campos, até onde as curvas gentis do Planalto do Sul formavam um horizonte ondulado. Num intervalo entre as montanhas, uma nuvem de fumaça marcava a posição de Lewes. Imediatamente a nossos pés ficava uma planície gramada, com as longas e vívidas faixas de verde do campo de golfe de Crowborough, todo pontilhado de jogadores. Um pouco ao sul, através de uma clareira na mata, podíamos ver uma parte da linha principal de Londres a Brighton. No terreno imediatamente em frente, sob nossos próprios narizes, estava um pequeno quintal fechado, no qual se via o carro que nos trouxera da estação.

Uma exclamação de Challenger fez com que nos voltássemos. Ele havia lido seus telegramas e arrumara-os numa pequenina pilha metódica sobre sua mesa. Seu rosto largo e enrugado, ou o que era visível dele sob toda aquela barba em redemoinho, estava bastante afogueado, e ele parecia estar sob a influência de alguma forte excitação.

— Bem, cavalheiros — disse ele, numa voz como se estivesse se dirigindo a uma reunião pública —, essa é, com efeito, uma reunião interessante, e ela acontece em extraordinárias, poderia dizer inéditas, circunstâncias. Poderia eu perguntar a vocês se alguma coisa lhes chamou a atenção durante a viagem da cidade até aqui?

— A única coisa que eu reparei — disse Summerlee, com um sorriso amargo — era que o nosso jovem amigo não aprimorou seu comportamento durante os anos que passaram. Eu lamento anunciar meu severo protesto diante de sua conduta no trem, e estaria faltando com a franqueza se não dissesse que o fato deixou uma impressão das mais desagradáveis em minha mente.

— Bem, bem, todos nós ficamos um pouco enfadonhos de vez em quando — disse lorde John. — O rapaz não fez por mal. Afinal, ele é um correspondente internacional, e se gasta meia hora para descrever um jogo de futebol, tem mais direito de fazê-lo do que a maioria das pessoas.

— Meia hora para descrever um jogo! — gritei com indignação. — Ora, foi o senhor que gastou meia hora com uma interminável história sobre um búfalo. O professor Summerlee é minha testemunha.

— Eu seria incapaz de julgar qual de vocês dois foi mais profundamente tedioso — disse Summerlee. — Eu declaro a você, Challenger, que nunca mais quero ouvir algo sobre futebol e búfalos enquanto viver.

— Eu não disse uma palavra hoje sobre futebol — protestei.

Lorde John deu um assobio agudo, e Summerlee balançou a cabeça com tristeza.

— E tão jovem — disse ele. — É realmente deplorável. Enquanto eu me sentava triste, houve, porém, fecundo silêncio.

— Em silêncio! — gritou lorde John. — Ora, você fez milhares de imitações durante todo o trajeto, mais parecia um gramofone automático que um homem.

Summerlee irrompeu em amargos protestos.

— Você tem prazer em ser inconveniente, lorde John — disse ele, com um rosto ácido como vinagre.

— Ora, que se dane, isso é pura loucura — gritou lorde John. — Cada um de nós parece saber o que os outros fizeram e nenhum sabe o que fez. Vamos juntar as coisas desde o início. Chegamos no vagão de fumantes da primeira classe, isso está claro, não está? Então, começamos a brigar sobre a carta do amigo Challenger no *Times*.

— Oh, vocês discutiram sobre ela, é mesmo? — ressoou nosso anfitrião, com suas pálpebras começando a fechar.

— Você disse, Summerlee, que não há nenhum fundo de verdade possível na teoria dele.

— Meu Deus! — disse Challenger, estufando o peito e arrumando a barba. — Nenhum fundo de verdade possível! Penso já ter ouvido essas palavras antes. E poderia eu perguntar com que argumentos o grande e célebre professor Summerlee procedeu à demolição do humilde indivíduo que se aventurou a expressar uma opinião sobre a questão de probabilidades científicas? Talvez antes de exterminar esse infeliz desconhecido, ele tenha a bondade de dar algumas razões para o juízo adverso que formou.

Ele inclinou e encolheu os ombros com ironia e abriu as mãos por completo, enquanto falava com seu sarcasmo elefantino.

— A razão é muito simples — disse o obstinado Summerlee. — Eu argumentava que, se o éter que cerca a Terra estivesse tóxico numa área a ponto de produzir sintomas perigosos, seria pouco provável que nós três no vagão do trem não fôssemos afetados em nada.

A explicação apenas provocou uma ensurdecedora gargalhada em Challenger. Ele gargalhou até que tudo no quarto parecesse chacoalhar e tremer.

— Nosso digno Summerlee está, não pela primeira vez, um tanto desinformado quanto aos fatos da situação — disse ele finalmente, enxugando sua testa acalorada. — Agora, cavalheiros, eu não posso defender minha teoria melhor do que detalhando para vocês o que fiz esta manhã. Vocês poderão relevar mais facilmente qualquer aberração mental de sua parte quando souberem que, até mesmo eu, tive momentos em que meu equilíbrio fora perturbado. Nós temos há alguns anos, nesta residência, uma governanta chamada Sarah, dona de um sobrenome com o qual eu nunca pretendi ocupar minha memória. Ela é uma mulher de aspecto seco e austero, formal e recatada, de natureza impassível e, até onde vai nossa experiência, que nunca demonstrou sinais de emoção. Enquanto eu sentava sozinho para tomar o café da manhã, a senhora Challenger, habitualmente, ficava em seu quarto durante a manhã. Então, nasceu em minha mente a ideia de que seria divertido e instrutivo verificar se eu poderia encontrar algum limite para a imperturbabilidade dessa mulher. Planejei uma experiência simples e eficaz. Tendo derrubado um pequeno vaso de flores que estava no meio da toalha, toquei a campainha e esgueirei-me para debaixo da mesa. Ela entrou e, vendo o quarto vazio, pensou que eu havia me retirado para o escritório. Como eu esperava, ela se aproximou e se inclinou sobre a mesa para recolocar o vaso. Eu tinha diante dos olhos uma meia de algodão e uma bota com elástico nas laterais. Projetando a minha cabeça, afundei meus dentes na batata de sua perna. A experiência teve um sucesso inacreditável. Por alguns momentos, ela ficou paralisada, olhando minha cabeça lá embaixo. Então, com um guincho, ela livrou sua perna e correu para fora do cômodo. Eu a persegui com a intenção de me explicar, mas ela voou estrada abaixo; alguns minutos depois, consegui avistá-la com meus binóculos indo rapidamente na direção sudoeste. Eu lhes contei a anedota por ser de alguma valia. Eu a lanço em seus cérebros e espero que germine. Ela é elucidativa? Alguma coisa veio a suas mentes? O que *você* acha, lorde John?

Lorde John balançou a cabeça com gravidade.

— Você vai se meter em grandes encrencas um dia desses se não parar com isso — disse ele.

— Talvez você tenha alguma observação a fazer, Summerlee?

— Você deveria largar o trabalho imediatamente, Challenger, e passar três meses numa estação de águas na Alemanha — disse ele.

— Profundo! Profundo! — gritou Challenger. — Agora, meu jovem amigo, será possível que a sabedoria possa vir de você onde homens mais experientes falharam tão fragorosamente?

E ela veio. Eu o digo com toda a modéstia, mas veio. É claro, parece óbvio demais para você que sabe tudo o que ocorreu, mas não era tão claro assim quando tudo ainda era novidade. Mas ela me veio de repente com a força total da convicção absoluta.

— Veneno! — eu gritei.

Então, no exato momento em que eu dizia isso, minha mente reviu lances de todas as nossas experiências daquela manhã, passando por lorde John e seu búfalo, por minhas lágrimas histéricas, pela ultrajante conduta do professor Summerlee, até os estranhos acontecimentos em Londres: a briga no parque, o motorista, a discussão no armazém de oxigênio. De repente, tudo se encaixava em seu lugar.

— É claro — gritei novamente. — É veneno. Estamos todos envenenados.

— Exatamente — disse Challenger, esfregando as mãos. — Estamos todos envenenados. Nosso planeta navegou para uma nuvem venenosa de éter, e agora está voando mais e mais para dentro dela, na velocidade de alguns milhões de milhas por minuto. Nosso jovem amigo expressou a causa de nossos problemas e perplexidades em uma única palavra: "Veneno".

Olhamos uns para os outros num silêncio abismado. Nenhum comentário parecia adequado à situação.

— Há uma resistência mental por meio da qual semelhantes sintomas podem ser verificados e controlados — disse Challenger. — Eu não posso esperar encontrá-la desenvolvida em todos vocês na mesma medida que alcançou em mim, pois suponho que a força de nossos diferentes processos mentais tenha alguma variação entre si. Mas, sem dúvida, ela é visível até mesmo em nosso jovem amigo aqui. Após a pequena extravagância impulsiva que tanto alarmou minha empregada, sentei e raciocinei comigo mesmo. Disse para mim mesmo que jamais me sentira impelido a morder qualquer um dos meus empregados. O impulso que tive foi, portanto, anormal. Num instante percebi a verdade. Meu pulso, após exame, estava dez batidas acima do costume, e meus reflexos estavam aguçados. Chamei o lado mais elevado e são de minha natureza, o verdadeiro G.E.C.*, que permanecia sereno e inatingível atrás de todo o mero distúrbio molecular. Eu o convoquei, digo, para vigiar as tolas armadilhas mentais que o veneno poderia armar.

---

* G.E.C., George Edward Challenger.

Descobri que eu era realmente senhor da situação. Eu poderia reconhecer e controlar um cérebro desordenado. Era uma incrível demonstração da vitória da mente sobre a matéria, pois era uma vitória daquele tipo particular de mente, que está mais intimamente ligado à matéria. Eu posso quase dizer que a mente estava paralisada, e que a personalidade a controlou. Então, quando minha esposa desceu do quarto e eu fui compelido a esgueirar-me para trás da porta e assustá-la com um grito selvagem enquanto ela entrava, consegui reprimir esse impulso e cumprimentá-la com dignidade e reserva. Um desejo avassalador de gralhar como uma matraca foi detectado e controlado da mesma forma. Mais tarde, quando desci para pedir o automóvel e encontrei Austin debruçado sobre ele e absorvido em consertos, eu controlei minha mão aberta, mesmo depois de já levantada, e deixei de dar a ele uma experiência que possivelmente o faria seguir os passos da governanta. Ao contrário, toquei-o no ombro e mandei que o automóvel estivesse na porta a tempo de chegarmos junto com o trem. Neste exato momento, estou muito fortemente tentado a agarrar o professor Summerlee por aquela estúpida barbicha e balançar sua cabeça violentamente para frente e para trás. E, no entanto, como veem, estou perfeitamente controlado. Permitam-me recomendar meu exemplo para vocês.

— Eu vou ficar de olho naquele búfalo — disse lorde John.

— E eu no jogo de futebol.

— Pode ser que você esteja certo, Challenger — disse Summerlee, numa voz cândida. — Estou disposto a admitir que minha tendência é mais de criticar a construir e que eu não sou facilmente convertido a qualquer teoria nova, sobretudo, quando ela é tão incomum e fantástica quanto essa. No entanto, ao lançar minha mente sobre os acontecimentos dessa manhã, e reconsiderar a inexplicável conduta de meus companheiros, acho fácil acreditar que algum veneno de natureza excitante tenha sido responsável por seus sintomas. — Challenger bateu alegremente no ombro de seu colega. — Nós progredimos — disse ele. — Decididamente progredimos.

— E, nesse caso, senhor — perguntou Summerlee, humildemente —, qual é sua opinião quanto às perspectivas atuais?

— Com sua permissão eu direi algumas palavras sobre o tema — ele se sentou na mesa, com suas pernas curtas e gorduchas balançando à sua frente. — Estamos assistindo a um tremendo e terrível processo. Isso é, em minha opinião, o fim do mundo.

O fim do mundo! Nossos olhares se dirigiram à grande janela em forma de bolha e olhamos para a beleza radiante do campo, as compridas colinas gramadas, as grandes casas de campo, as fazendas aconchegantes, aqueles que usufruíam seu lazer no campo de golfe. O fim do mundo! Já se ouviram muito essas palavras, mas a ideia de que elas algum dia tivessem um significado prático imediato, que não se referissem a alguma data distante, mas agora, hoje, isso era estarrecedor, um pensamento aterrorizante. Ficamos todos num choque solene e esperamos que Challenger continuasse. Sua presença e aparência poderosas emprestavam tal força à solenidade de suas palavras que, por um momento, todas as indelicadezas e idiossincrasias do homem desapareceram, e ele cresceu diante de nós como algo majestoso e além do comum dos mortais. Então, para mim, ao menos, voltou a lembrança de como, duas vezes desde que tínhamos entrado na sala, ele havia ecoado sua gargalhada. Certamente, pensei eu, existem limites para esse descontrole mental. A crise não pode ser tão grande assim, afinal de contas.

— Vocês podem imaginar um cacho de uvas — disse ele —, que está coberto por um bacilo infinitesimal, porém danoso. O jardineiro passa o cacho numa solução desinfetante. Pode ser que ele deseje que suas uvas fiquem mais limpas. Pode ser que ele deseje criar algum novo bacilo menos danoso que o último. Ele mergulha o cacho no veneno e o bacilo vai embora. Nosso jardineiro está, em minha opinião, prestes a mergulhar no sistema solar; e o bacilo humano, o pequeno e frágil vibrião que se torcia e retorcia na camada exterior da Terra, será, num instante, expulso da vida por meio de uma esterilização.

Novamente houve um silêncio. Mas foi quebrado pelo soar alto da campainha do telefone.

— Um de nossos bacilos está gritando por socorro — disse ele, com um sorriso sarcástico. — Eles estão começando a perceber que a continuidade de sua existência não é uma das necessidades do Universo.

Ele saiu do quarto por um ou dois minutos. Lembro-me que nenhum de nós falou em sua ausência. A situação parecia além de qualquer palavra ou comentário.

— O oficial de saúde de Brighton — disse ele, quando voltou. — Os sintomas estão, por algum motivo, se desenvolvendo mais rápido no nível do mar. Nossos setecentos pés de altitude nos dão uma vantagem. As pessoas parecem se dar conta de que eu sou a maior autoridade no assunto. Sem dúvida, isto se deve à minha carta no *Times*. Aquele com quem falei, logo que chegamos, era o prefeito de uma cidade pequena. Talvez vocês tenham me ouvido no telefone. Ele parecia dar valor inteiramente exagerado à sua vida. Ajudei-o a reajustar suas ideias.

Summerlee tinha levantado e estava em pé diante da janela. Suas mãos finas e ossudas tremiam de emoção.

— Challenger — disse ele, solenemente —, isso é muito sério para uma simples e fútil discussão. Não pense que tenho a intenção de irritá-lo com qualquer pergunta que eu venha a fazer. Mas lhe pergunto se não há uma certa falácia em sua informação ou em seu raciocínio. Lá está o sol, brilhando com a intensidade de sempre no céu azul. Lá estão a grama, as flores, os pássaros. Lá estão as pessoas se divertindo no campo de golfe, e os trabalhadores adiante colhendo o milho. Você nos diz que eles e nós podemos estar à beira da destruição, que esse dia radiante pode ser o dia do apocalipse que a raça humana espera há tanto tempo. Até onde sabemos, você baseia essa tremenda conclusão em quê? Em algumas linhas anormais no espectro — em rumores sobre a Sumatra —, em alguma excitação pessoal incomum, que nós detectamos uns nos outros. Esse último sintoma não é tão acentuado, pois você e nós conseguimos, num esforço deliberado, controlá-lo. Você não precisa fazer cerimônia conosco, Challenger. Todos nós já enfrentamos a morte juntos outras vezes. Tome a palavra e diga-nos exatamente nossa situação, e quais, em sua opinião, são as perspectivas para o nosso futuro.

Foi um discurso corajoso, um bom discurso, um discurso daquele espírito forte e leal, que está por trás de toda a acidez e suscetibilidade do velho zoologista. Lorde John levantou-se e apertou sua mão.

— Eu cumprimento um amigo fiel — disse ele. — Agora, Challenger, cabe a você nos dizer qual é nossa situação. Nós não somos pessoas nervosas, como você bem sabe; mas quando se trata de fazer uma visita de fim de semana e descobrir que você deu de cara com o dia do Juízo Final, é necessária uma pequena explicação.

Qual é o perigo, e o quanto de perigo existe, e como vamos fazer para enfrentá-lo?

Ele se levantou, alto e forte, iluminado pelo sol na janela, e colocou sua mão escura sobre o ombro de Summerlee. Eu estava recostado numa poltrona, um cigarro apagado em meus lábios, naquele estado de semitorpor no qual as impressões se tornam especialmente distintas. Pode ter sido uma nova fase do envenenamento; os impulsos delirantes tinham ido embora, mas foram sucedidos por uma disposição mental especialmente lânguida e, ao mesmo tempo, perceptiva. Parecia que eu não tinha interesse pessoal naquilo. Mas ali estavam três homens fortes numa grande crise e era fascinante observá-los. Challenger arqueou suas pesadas sobrancelhas e afagou a barba antes de responder. Podia-se ver que ele estava pesando com muito cuidado suas palavras.

— Quais eram as últimas notícias quando vocês deixaram Londres? — perguntou.

— Eu estava na redação da *Gazette* por volta de dez horas — falei. — Havia um comunicado que acabara de chegar de Cingapura, dizendo que a doença parecia generalizada na Sumatra, e que, em consequência, os geradores não tinham sido ligados.

— Os acontecimentos têm andado bastante rápidos desde então — disse Challenger, pegando sua lista de telegramas. — Estou mantendo um estreito contato com as autoridades e com a imprensa, por isso as notícias convergem para mim de todas as partes. Há, de fato, uma exigência geral e muito insistente de que eu vá para Londres; mas eu não vejo a que boa causa eu poderia servir. O que sabemos indica que os efeitos venenosos começam com uma excitação mental; as revoltas em Paris esta manhã parecem ter sido violentas, e os carvoeiros em Welsh estão em pleno levante. Até onde se pode acreditar nas evidências que possuímos; esse estado estimulativo, que varia muito entre as raças e indivíduos, é sucedido por uma certa exaltação e uma lucidez mental — eu julgo discernir alguns sinais dela aqui em nosso jovem amigo —, a qual, após um considerável intervalo, se converte num coma, aprofundando-se rapidamente até a morte. Eu suponho, o quanto minha toxicologia me permite, que existem alguns venenos de origem vegetal para os nervos.

— Datura — sugeriu Summerlee.

— Excelente! — gritou Challenger. — Pelo bem da precisão científica seria bom darmos um nome a nosso agente tóxico. Que seja Daturon. A você, meu caro Summerlee, pertence a honra — póstuma, infelizmente, mas ainda assim única — de ter dado o nome ao destruidor universal, o desinfetante do grande Jardineiro. Os sintomas do Daturon, continuando, são esses que indiquei. Isso envolverá todo o mundo e que nenhuma espécie de vida terá chance de resistir, isso me parece certo, uma vez que o éter é um gás universal. Até agora ele foi caprichoso quanto aos lugares em que atacou, mas a diferença é apenas uma questão de horas, e é como uma maré crescente que cobre uma faixa de areia e depois outra, correndo de lá para cá em movimentos irregulares, até que, ao final, toda a areia fique submersa. Há leis funcionando que têm conexão com a ação e a distribuição do Daturon, e elas seriam de um profundo interesse se o tempo de que dispomos nos permitisse estudá-las. Até onde posso esboçá-las — aqui ele relanceou seus telegramas —, as raças menos desenvolvidas foram as primeiras a responder à sua influência. Há relatos deploráveis vindos da África, e os aborígenes australianos parecem já ter sido exterminados. As raças do norte mostraram, por enquanto, um poder de resistência maior do que as do sul. Este, vejam vocês, veio de Marselha às

nove e quarenta e cinco desta manhã. Eu o apresento *ipsis literis*:
"Excitação delirante em toda a Provença a noite inteira. Tumulto de plantadores de uvas em Nimes. Levante socialista em Toulon. Doença súbita seguida de coma atacou a população esta manhã. *Peste foudroyant*. Muitos mortos nas ruas. Paralisia dos negócios e caos generalizado."

— Uma hora depois veio este outro, da mesma fonte:
"Estamos sob a ameaça de extermínio completo. Catedrais e igrejas estão cheias e até transbordam. O número de mortos ultrapassa o de vivos. É inconcebível e horrível. A morte parece indolor, mas rápida e inevitável".

— Há um telegrama similar vindo de Paris, onde o desenvolvimento ainda não é agudo. A Índia e a Pérsia parecem estar totalmente apagadas do mapa. A população eslava da Áustria foi abatida, enquanto os teutônicos mal foram afetados. Falando em termos gerais, os habitantes das planícies e das localidades ao nível do mar parecem, segundo indicam minhas limitadas informações, ter sentido os efeitos mais rapidamente que os do continente ou aqueles que moram em altitudes elevadas. Mesmo uma pequena elevação faz uma considerável diferença, e talvez, se houver um sobrevivente da espécie humana, ele será novamente encontrado no pico de algum Ararat*. Mesmo nossa pequena colina pode agora provar ser uma ilha em meio a um mar de desastre. Mas na atual taxa de avanço, umas poucas e curtas horas devem bastar para todos submergirmos.

Lorde John Roxton enxugou a testa.

---

* Monte Ararat é o nome da formação rochosa mais alta do platô da Armênia, atualmente em território turco. Famoso como o monte em que a Arca de Noé pousou após o refluxo das águas do Dilúvio.

A nuvem da morte

— O que eu não entendo — disse ele — é como você pode sentar aí rindo, com essa pilha de telegramas nas mãos. Eu já vi a morte tanto quanto a maioria das pessoas; mas a morte universal é horrível.

— Quanto aos riscos — disse Challenger —, tenha em mente que, como vocês, eu não estou isento dos efeitos cerebrais estimulantes do veneno etéreo. Mas quanto ao horror que a morte universal parece inspirar a você, eu diria que isso é um tanto exagerado. Se você fosse mandado para o mar, sozinho num barco sem cabine, rumo a algum destino desconhecido, seu coração poderia muito bem se ressentir dentro de você. O isolamento, a incerteza, certamente o oprimiriam. Mas se a sua viagem fosse feita num barco agradável, que trouxesse dentro dele todos os seus parentes e amigos, você sentiria que, por mais incerto que ainda fosse o seu destino, ao menos teria uma experiência comum e simultânea, que o manteria até o fim numa mesma e íntima comunhão. Uma solitária morte pode ser terrível, mas uma universal, sem dor como essa parece ser, no meu entender, não é um motivo de apreensão. Com efeito, eu me solidarizo com a pessoa que visse o horror na ideia de sobreviver quando tudo que se aprendeu e tudo que é famoso e exaltado tivesse desaparecido.

— O que, então, você propõe que façamos? — perguntou Summerlee, que por uma vez concordara com os argumentos de seu colega cientista.

— Que almocemos — disse Challenger, enquanto ecoava o som de um gongo pela casa. — Nós temos uma excelente cozinheira, que faz ótimas omeletes, suplantadas apenas por seus filés. Torçamos apenas para que nenhum distúrbio cósmico tenha anulado seus enormes dotes. Meu *Scharzberger de '96* também deve ser resgatado, na medida em que nossos esforços coletivos e obstinados possam fazê-lo, daquilo que seria um deplorável desperdício de uma excelente safra. Ele apoiou seu corpanzil na mesa, na qual estivera sentado enquanto anunciava a condenação do planeta. — Venham — disse ele. — Se ainda nos resta algum tempo, é imperioso que o gastemos numa diversão sóbria e sensata.

    E, realmente, aquela provou ser uma ótima refeição. É verdade que não conseguíamos esquecer nossa terrível situação. A enorme solenidade do fato estava sempre à espreita no fundo de nossas mentes e temperava nossos pensamentos. Mas, com certeza, é a alma, que nunca viu a Morte, a que mais foge dela no final. Para cada um de nós homens, ela fora, numa célebre época de nossas vidas, uma presença constante. Quanto à senhora da casa, ela se apoiava na liderança forte de seu poderoso marido e estava satisfeita de ir aonde os rastros dele a levassem. O futuro pertencia ao Destino. O presente era nosso. Nós passamos o tempo com camaradagem agradável e uma alegria gentil. Nossas mentes estavam, como eu disse, especialmente lúcidas. Mesmo eu tive faíscas de gênio umas vezes. Quanto a Challenger, ele estava maravilhoso! Eu nunca havia percebido a grandeza elementar daquele homem, o fluxo e o poder de sua inteligência. Summerlee desafiou-o com seu coro de criticismo semiácido, enquanto lorde John e eu ríamos da disputa, e a senhora, mão sobre o braço dele, controlava a agressividade do filósofo. Vida, morte, fortuna, o destino do homem — esses foram os incríveis assuntos daquela hora memorável, tornada vital pelo fato de que, à medida que a refeição avançava, estranhas e repentinas exaltações em minha mente e comichões em meus membros anunciavam que a maré invisível da Morte estava lenta e suavemente crescendo à nossa volta. Uma vez eu vi lorde John colocar, de repente, a mão nos olhos, e outra vez Summerlee se reclinou por um instante em sua cadeira. Cada respiração estava carregada de forças estranhas. E, no entanto, nossas mentes estavam felizes e descontraídas. Com eficiência, Austin colocou cigarros sobre a mesa e estava prestes a se retirar.

— Austin! — gritou seu patrão.
— Sim, senhor?
— Eu agradeço seus fiéis serviços.

Um sorriso ocupou o rosto contorcido do empregado.
— Eu fiz minha obrigação, senhor.
— Estou esperando o fim do mundo hoje, Austin.
— Sim, senhor. A que horas, senhor?
— Isso eu não tenho como saber, Austin. Antes do cair da noite.
— Está bem, senhor.

O taciturno Austin fez uma cortesia e se retirou. Challenger acendeu um cigarro e, arrastando sua cadeira para mais perto da esposa, tomou a mão dela na sua.

— Você sabe qual a nossa situação, querida — disse ele. — Eu a expliquei também para os nossos amigos aqui. Você não está com medo, está?
— Não será doloroso, George?
— Não mais que uma anestesia no dentista. Todas as vezes que você tomou, de certa forma, você quase morreu.
— Mas essa é uma sensação prazerosa.
— Talvez assim seja a morte. A sofrida máquina corporal não consegue registrar sua impressão, mas sabemos o prazer mental que existe num sonho ou num transe. A natureza pode construir uma bela porta e pendurar nela uma cortina vaporosa e brilhante, fazendo a entrada para uma vida nova para nossas almas errantes. Em todas as minhas investigações sobre o que é real, sempre encontrei sabedoria e carinho no âmago; e se alguma vez o mortal amedrontado precisa de carinho, é certamente quando ele faz essa perigosa passagem da

vida para a vida. Não, Summerlee, eu não aceitarei o seu materialismo, pois eu, ao menos, sou grande demais para terminar em meros componentes físicos, um pacote de sal e três baldes de água. Aqui, aqui — e ele bateu em sua grande cabeça com o enorme e peludo punho —, há alguma coisa que usa a matéria, mas não é de matéria, alguma coisa que pode destruir a morte, mas que a Morte nunca pode destruir.

— Por falar em morte — disse lorde John —, eu sou um cristão fajuto, mas me parece que algo muito natural acontecia com nossos ancestrais, que eram enterrados com seus machados e arcos e flechas e tudo o mais, como se fossem continuar a viver exatamente como faziam antes. Eu não sei — ele acrescentou, circulando o olhar pela mesa, um tanto envergonhado —, mas me sentiria mais em família se eu apagasse com a minha velha *Express 450* e a escopeta, a mais curta, com cabo emborrachado, e um ou dois jogos de cartuchos — apenas uma imagem tola, é claro, mas aí está. O que o senhor acha, *Herr* professor?

— Bem — disse Summerlee —, já que pediu minha opinião, acho que isso é um indefensável retrocesso à Idade da Pedra ou antes dela. Eu sou do século XX, e gostaria de morrer como um homem civilizado e sensato. Não sei se eu tenho mais medo da morte do que todos vocês, pois sou um homem idoso e, aconteça o que acontecer, não tenho muito mais para viver; mas é totalmente contra a minha natureza ficar sentado esperando sem lutar, como uma ovelha pelo açougueiro. Você tem certeza, Challenger, de que não há nada que possamos fazer?

— Para nos salvar, não há nada — disse Challenger. — Para prolongar nossas vidas umas poucas horas e, então, ver a evolução dessa enorme tragédia antes de estarmos realmente envolvidos nela — isso pode ser que esteja a meu alcance. Eu tomei certas medidas.

— O oxigênio?

— Exatamente, o oxigênio.

— Mas que efeito pode ter o oxigênio diante de um envenenamento do éter? Não há maior diferença entre um pedaço de tijolo e um gás que entre o oxigênio e o éter. Eles são planos diferentes da matéria. Eles não podem afetar um ao outro. Vamos, Challenger, você não pode defender tal asserção.

— Meu bom Summerlee, esse veneno etéreo é certamente influenciado por agentes materiais. Vemos isso nos métodos e na distribuição de seu avanço. Não devíamos esperar isso *a priori*, mas é indubitavelmente um fato. Portanto, tenho forte convicção de que um gás como o oxigênio, que aumenta a vitalidade e o poder de resistência do corpo, teria grandes chances de atrasar a ação daquilo que você, com tanta felicidade, chamou de Daturon. Pode ser que eu esteja enganado, mas tenho toda a confiança na correção de meu raciocínio.

— Bem — disse lorde John —, se temos de sentar sugando esses tubos como bebês em suas mamadeiras, prefiro não fazê-lo.

— Não haverá necessidade disso — respondeu Challenger. — Tomamos providências (é à minha mulher que vocês devem a maior parte delas) para que sua salinha reservada esteja fechada de forma tão hermética quanto possível. Com estopa e papel esmaltado.

— Meu Deus, Challenger, você não supõe que poderá manter o éter do lado de fora com papel esmaltado?

— Realmente, meu valoroso amigo, você é um pouco maldoso ao não compreender a ideia. Não é para manter o éter do lado de fora que tivemos esse trabalho. É para manter o oxigênio dentro. Acredito que se conseguirmos manter uma atmosfera hiperoxigenada até certo ponto, talvez sejamos capazes de permanecer conscientes. Eu tinha dois tubos de gás e vocês trouxeram mais três. Não é muito, mas é alguma coisa.

— Quanto tempo eles vão durar?

— Eu não tenho a menor ideia. Nós não os ligaremos até que nossos sintomas sejam insuportáveis. Então, poderemos dosar o gás segundo as necessidades mais urgentes. Ele pode nos dar algumas horas, possivelmente até dias, nos quais poderemos olhar para o mundo destruído lá fora. Nosso próprio destino será adiado durante esse tempo e viveremos, nós cinco, a experiência singular de sermos, muito provavelmente, a derradeira retaguarda da raça humana em sua marcha para o desconhecido. Talvez vocês possam fazer a gentileza de me ajudar com os cilindros. A atmosfera me parece já ficar um tanto opressiva.

———✳———

CAPÍTULO 3

Submersos

O cômodo que estava destinado a ser o cenário de nossa inesquecível experiência era uma charmosa e feminina salinha de estar, de quatorze ou dezesseis pés quadrados. No fim dela, separado por uma cortina de veludo vermelho, havia um pequeno ambiente, o quarto de vestir do professor. Este, por sua vez, abria para um amplo quarto de dormir. A cortina ainda estava pendurada, mas a sala de estar e o quarto de vestir poderiam ser tomados como um cômodo único, para os propósitos de nossa experiência. Uma porta e o friso da janela tinham sido cercados com papel esmaltado, para ficarem praticamente selados. Acima da outra porta, que abria para o gramado, havia uma bandeira que poderia ser aberta por uma cordinha quando alguma ventilação se tornasse absolutamente necessária. Grandes vasos de planta ficavam ali, um de cada lado.

— Como livrarmos de nosso excessivo dióxido de carbono sem desperdiçar nosso oxigênio é uma questão delicada e vital — disse Challenger, olhando em volta depois que os cinco tubos tinham sido depositados a seu lado contra a parede. — Com mais tempo para os preparativos, poderia ter-me concentrado totalmente nesse problema, mas aceitemos a realidade e façamos o possível. As plantas terão uma pequena utilidade. Dois tubos de oxigênio estão prontos para ser ligados assim que for preciso, de forma que não sejamos pegos de surpresa. Ao mesmo tempo, seria bom não irmos para longe do quarto, pois a crise pode ser repentina e urgente.

Havia uma janela baixa e larga que abria para uma sacada. A vista dali era a mesma que havíamos admirado do escritório. Olhando para fora, eu não podia ver nenhum sinal de desordem em qualquer lugar. Havia uma estrada que descia em curvas ladeando a colina, sob meus próprios olhos. Uma carruagem da estação, um daqueles sobreviventes pré-históricos encontrados apenas nas cidades do interior, estava penando para subir lentamente a ladeira. Mais abaixo, havia uma enfermeira empurrando um carrinho e levando uma segunda criança pela mão. Os anéis azuis de fumaça das choupanas davam à vasta paisagem um ar completo de ordem e conforto caseiro. Em nenhum lugar no firmamento azul ou na terra iluminada havia sequer uma sombra de catástrofe. Os plantadores estavam de volta às lavouras e os jogadores de golfe, em pares e em grupos de quatro, continuavam sulcando o percurso do campo. Havia uma ebulição tão estranha em minha própria cabeça, e tamanha a tremedeira em meus nervos sobrecarregados, que a indiferença dessas pessoas era incrível.

— Essas pessoas não parecem ter nenhum sintoma ruim — falei, apontando para o campo de golfe.

— Você jogou golfe alguma vez na vida? — perguntou lorde John.

— Não, nunca joguei.

— Bem, meu jovem rapaz, quando você jogar, descobrirá que, uma vez começada a partida, só a explosão do apocalipse pararia um verdadeiro golfista. Caramba! A campainha do telefone novamente.

De quando em quando, durante e após o almoço, a alta e insistente campainha havia chamado o professor. Ele nos dava as notícias como lhe chegavam, em poucas frases curtas. Acontecimentos tão terríveis nunca tinham sido registrados antes na história do mundo. A grande sombra estava subindo do sul como uma maré da morte. O Egito ultrapassara sua euforia e estava agora comatoso. A Espanha e Portugal, após louco frenesi no qual anarquistas e clericais tinham lutado desesperadamente, agora tinham silenciado. Mais nenhum telegrama era recebido da América do Sul. Na América do Norte, os estados do sul, após terrível revolta racial, tinham sucumbido ao veneno. Ao norte de Maryland, o efeito ainda não era agudo, e no Canadá mal era perceptível. Bélgica, Holanda e Dinamarca tinham sido atingidas uma de cada vez. Mensagens de socorro pipocavam de todos os cantos, em direção aos grandes centros de estudos, para os químicos e doutores de reputação mundial, implorando por seus conselhos. Os astrônomos também eram inundados de perguntas. Nada podia ser feito. A coisa era universal e além do conhecimento ou controle humanos. Era a morte, indolor, mas inevitável, a morte para jovens e velhos, sem esperança ou possibilidade de escapar. Tais eram as notícias que, em mensagens fragmentadas e confusas, o telefone nos trouxera. As grandes cidades já sabiam seu destino e, até onde podíamos entender, estavam se preparando para enfrentá-lo com dignidade e resignação. No entanto, aqui estavam nossos golfistas e trabalhadores, como carneirinhos que brincam debaixo da sombra do facão. Parecia incrível. Mas também, como poderiam saber? Tudo havia chegado até nós a passos largos. O que havia nos jornais daquela manhã para alarmá-los? E agora eram apenas três da tarde. Porém, enquanto olhávamos, algum boato pareceu se espalhar, pois vimos os colheiteiros saindo correndo dos campos. Alguns dos golfistas voltavam para a sede do clube. Eles estavam correndo como se procurassem refúgio de uma chuva de verão. Seus pequenos carregadores seguiam atrás deles. Outros continuavam o seu jogo. A babá dera meia-volta e empurrava o carrinho apressadamente colina acima de novo. Eu reparei que ela levara a mão à testa. A carruagem havia parado e o cavalo, exausto, descansava com a cabeça mergulhada entre os joelhos. No alto, um perfeito céu de verão, uma grande abóbada de puro azul, a não ser por poucas nuvens macias, no horizonte além dos campos. Se a raça humana tinha de morrer hoje, pelo menos seria num leito de morte glorioso. E, no entanto, toda a doçura gentil da natureza tornava essa terrível e completa destruição ainda mais lamentável e horrenda. Certamente, era uma residência muito boa para que dela fôssemos tão sumariamente, tão impiedosamente, expulsos!

Mas eu disse que a campainha do telefone tocara mais uma vez. De repente, vinda do corredor, ouvi a tremenda voz de Challenger.

— Malone! — gritou ele. — Ligação para você.

Eu corri até o aparelho. Era McArdle falando de Londres.

— Obrigado.

— Sr. Malone? — gritou sua voz familiar. — Sr. Malone, há coisas terríveis acontecendo em Londres. Pelo amor de Deus, veja se o professor Challenger pode sugerir alguma providência a tomar.

— Ele nada pode sugerir, senhor — respondi. — Ele encara essa crise como universal e inevitável. Temos algum oxigênio aqui, mas apenas adiará nosso destino por algumas horas.

— Oxigênio! — gritou a voz agoniada. — Não há tempo para obter algum. A redação tem estado um verdadeiro pandemônio desde que você saiu essa manhã. Agora metade da equipe está desmaiada. Eu mesmo estou me sentindo muito pesado. De minha janela posso ver as pessoas caindo duras na rua Fleet. O tráfego está todo parado. A julgar pelos últimos telegramas, o mundo inteiro...

Sua voz vinha se apagando, e de repente parou. Um instante depois ouvi pelo telefone um barulho abafado, como se sua cabeça tivesse caído para frente na mesa.

— Sr. McArdle! — gritei. — Sr. McArdle!

Não houve resposta. Eu sabia, enquanto desligava o telefone, que nunca mais iria ouvir a sua voz novamente.

Nesse momento, enquanto eu dava um passo para trás, a coisa nos atingiu. Era como se fôssemos banhistas, com águas até os ombros, que de repente submergiam por uma marola. Uma mão invisível parecia ter-se fechado tranquilamente em volta de minha garganta, espremendo gentilmente a vida para fora de meu corpo. Eu estava consciente da imensa opressão em meu peito, o grande aperto em minha cabeça, um alto ruído em meus ouvidos, e flashes brilhantes diante de meus olhos. Cambaleei até o corrimão da escada. No mesmo momento, correndo e ofegante como um búfalo ferido, Challenger passou correndo por mim, uma visão terrível, com o rosto vermelho arroxeado, olhos esgazeados e cabelos em pé. Sua pequena esposa, ignorando as aparências, estava jogada sobre seus grandes ombros, e ele se agitava e subia as escadas feito um relâmpago, escalando e tropeçando, mas carregando a si próprio e a ela empurrando por mera força de vontade, através daquela atmosfera contaminada, rumo ao abrigo da segurança temporária. Diante da visão de seu esforço, corri escadas acima, subindo com dificuldade, caindo, agarrando-me no corrimão, até que caí quase inconsciente com o rosto no último degrau. Os dedos de aço de lorde John estavam na gola do meu paletó, e um momento depois eu havia deitado de costas, sem conseguir falar ou me mover, no tapete da sala de estar. A mulher estava deitada a meu lado, e Summerlee encolhido numa cadeira perto da janela, com a cabeça quase tocando seus joelhos. Como num sonho, eu vi Challenger, tal qual um besouro monstruoso, arrastando-se lentamente pelo chão, e um momento mais tarde ouvi o agradável assobio do tubo do oxigênio. Challenger respirou duas ou três vezes em enormes sucções, seus pulmões roncavam enquanto ele aspirava o gás vital.

— Funciona! — gritou ele exultante. — Meu raciocínio se comprovou! Ele estava em pé novamente, alerta e forte. Com um tubo em sua mão, ele correu para a mulher e colocou-o em seu rosto. Em poucos segundos, ela fez um som, mexeu-se e sentou. Ele se voltou para mim, e eu senti a maré da vida percorrendo, morna, as minhas artérias. Minha razão me dizia que isso era apenas um alívio temporário, porém, por mais descuidadamente que falemos de seu valor, cada hora de existência nesse momento parecia uma coisa inestimável. Eu nunca sentira tamanha excitação de alegria sensual como a que me deu aquele frasco de vida. O peso sumiu de meus pulmões, o obstáculo saiu de meus olhos, um doce sentimento de paz e tranquilidade, um conforto lânguido tomou conta de mim. Deitado, eu olhava Summerlee reviver com o mesmo remédio, e finalmente lorde John teve sua vez. Ele ficou em pé subitamente e me deu a mão para que me levantasse, enquanto Challenger pegava a mulher e deitava-a num sofazinho.

— Oh, George, eu lamento que você tenha me trazido de volta — disse ela, segurando-o pela mão. — A porta da morte é realmente, como você disse, decorada com cortinas belas e brilhantes; pois após passar a falta de ar, tudo era relaxante e bonito. Por que você me arrastou de volta?

— Porque eu queria que fizéssemos a passagem juntos. Temos estado juntos há tantos anos. Seria triste nos separarmos no momento supremo.

Por um momento, em sua voz carinhosa, eu vislumbrei um novo Challenger, alguém muito distante do homem provocante, barulhento e arrogante que havia alternadamente maravilhado e ofendido seus contemporâneos. Aqui na sombra da morte estava o mais secreto Challenger, o homem que havia conquistado e mantido o amor de uma mulher. De repente, seu humor mudou e ele era novamente nosso forte capitão.

— Apenas eu, de toda humanidade, vi e predisse essa catástrofe — disse ele, com um toque de júbilo e triunfo científico em sua voz.

— Quanto a você, meu bom Summerlee, espero que suas últimas dúvidas quanto ao porquê da borradura das linhas do espectro tenham se dissipado e que você não mais acredite que minha carta no *Times* estava baseada numa loucura.

Por uma vez nosso aguerrido colega ignorou o desafio. Ele conseguia apenas ficar sentado, ofegando e esticando seus longos e esguios membros, como se fosse para assegurar-se que ainda estava realmente sobre esse planeta. Challenger atravessou o cômodo até o tubo de oxigênio e o som alto do assobio diminuiu até que se tornou um sibilo muito suave.

— Devemos controlar nosso estoque de gás — disse ele. — A atmosfera do quarto está agora bastante oxigenada, e acredito que nenhum de nós sinta mais sintomas tão desagradáveis. Só com experiências concretas poderemos determinar a quantidade que deve ser adicionada ao ar para que o veneno seja neutralizado.

Sentamos num tenso e nervoso silêncio por cinco minutos ou mais, observando nossas próprias sensações. Eu estava começando a achar que sentia o aperto em volta de minhas têmporas de novo, quando a sra. Challenger gritou do sofá que estava desmaiando. Seu marido abriu um pouco o gás.

— Em dias pré-científicos — disse ele —, eles costumavam manter um rato em todos os submarinos, uma vez que a sua constituição mais delicada acusava uma atmosfera viciada antes que fosse percebida pelos marujos. Você, minha querida, será nosso ratinho branco. Eu aumentei o suprimento e você está melhor.

— Sim, estou melhor.

— É possível que tenhamos atingido a mistura correta. Quando nós dimensionarmos a quantidade suficiente, será possível computar por quanto tempo seremos capazes de sobreviver. Infelizmente, ao ressuscitar nosso grupo, já consumimos uma proporção considerável desse primeiro tubo.

— Isso tem importância? — perguntou lorde John, que estava em pé, com as mãos nos bolsos, perto da janela. — Se temos de ir, de que adianta nos debatermos? Você acredita que haja alguma chance para nós?

Challenger sorriu e balançou a cabeça.

— Bem, então, você não acha que há mais dignidade em dar o pulo do que ficar esperando ser empurrado? Se tem de acontecer, por que não dizermos nossas preces, desligarmos o gás e abrirmos a janela?

— Por que não? — disse a senhora, bravamente. — Realmente, George, lorde John tem razão, é melhor assim.

— Eu tenho fortes objeções — disse Summerlee, num tom reivindicativo. — Quando tivermos de morrer, que morramos sem hesitação; mas antecipar deliberadamente a morte me parece um gesto tolo e injustiçado.

— O que o nosso jovem amigo diz a isso? — perguntou Challenger.

— Acho que deveríamos ficar até o fim.

— E eu sou inteiramente da mesma opinião — disse ele.

— Então, George, se você acha, eu também acho — disse a mulher elevando a voz.

— Bem, bem, estou apenas colocando como uma hipótese — disse lorde John. — Se todos querem ver até acabar, estou com vocês. É danado de interessante, sem dúvida. Já tive minha dose de aventuras na vida, e tantas emoções quanto todo mundo, mas esta última é a maior delas.

— Votando pela continuidade da vida — disse Challenger.

— Não exagere no otimismo! — gritou Summerlee.

Challenger olhou para ele numa reprovação silenciosa.

— Votando pela continuidade da vida — disse ele, da maneira mais didática —, nenhum de nós é capaz de prever que oportunidades de observação pode-se ter do chamado plano do espírito e do plano da matéria. Com certeza, é evidente à pessoa mais obtusa (aqui ele olhou para Summerlee) que é enquanto somos feitos de matéria, que estamos mais capacitados para observar e fazer um julgamento sobre fenômenos materiais. Portanto, apenas ficando vivos por essas poucas horas a mais é que poderemos ter a chance de carregar conosco, para a existência futura, uma concepção clara do evento mais extraordinário que o mundo, ou o universo, até onde sabemos, jamais presenciou. Para mim, seria uma coisa deplorável que nós, de qualquer maneira, abreviássemos por um minuto sequer uma experiência tão maravilhosa.

— Eu concordo inteiramente — exclamou Summerlee.

— Decisão unânime — disse lorde John. — Santo Deus, aquele pobre diabo do seu motorista, ali embaixo no jardim, fez sua última viagem. Não adiantaria mesmo fazer uma investida e trazê-lo para dentro?

— Seria pura maluquice — exclamou Summerlee.

— Bem, suponho que seria — disse lorde John.

— Não o ajudaria e iria espalhar nosso gás por toda a casa, mesmo se voltássemos vivos. Nossa, olhem para os pássaros sob as árvores!

Arrastamos quatro cadeiras até à janela, baixa e comprida, e a dona da casa ainda estava descansando de olhos fechados no sofá. Eu me lembro de que uma ideia monstruosa e grotesca passou pela minha cabeça — a ilusão pode ter sido acentuada pela saturação pesada do ar que estávamos respirando — a de que nós quatro ocupávamos quatro lugares, na primeira fila, durante o último ato da tragédia mundial.

Imediatamente à nossa frente, sob nossos próprios olhos, estava o pequeno quintal com o automóvel lavado pela metade e estático. Austin, o motorista, recebera seu último chamado, pois permanecia estirado ao lado da roda, com uma grande mancha roxa em sua testa, onde ele batera no degrau ou no para-lama enquanto caía. Ele ainda segurava na mão a ponta da mangueira com a qual estivera lavando o carro. Embaixo de um par de árvores que ficavam no canto do quintal, havia uma série patética de bolinhas felpudas, com os pequenos pezinhos para cima. O movimento da foice da morte atingira tudo, grande e pequeno, no raio de seu alcance.

Sobre o muro do quintal, vimos a estrada cheia de curvas, que levava à estação. Um grupo de colheiteiros que víramos correndo pelos campos estava deitado desordenadamente, seus corpos amontoados, no fim da estrada. Mais adiante, a babá estava prostrada com sua cabeça e seus ombros jogados contra a ondulação da colina gramada. Ela havia tirado o bebê do carrinho e ele era um embrulho imóvel de panos em seus braços. Logo atrás dela, uma pequena mancha na estrada indicava onde o menininho se esticara. Ainda mais próximo de nós, estava o cavalo ajoelhado entre as hastes da carruagem de aluguel. O velho cocheiro estava pendurado sobre o para-lama como um corvo grotesco, seus braços balançando absurdamente diante dele. Pela janela, podíamos discernir vagamente um homem jovem sentado lá dentro. A porta estava aberta, e sua mão segurava a maçaneta, como se tivesse tentado pular para fora no último instante. A meia distância, ficava o campo de golfe, pontilhado como estivera aquela manhã, com as silhuetas escuras dos golfistas, deitados e imóveis sobre a grama do campo ou entre as árvores que o circundavam. Numa área do campo em particular, havia oito corpos esticados onde uns quatro carregadores tinham acompanhado o jogo até o último momento. Nenhum pássaro voava no céu azul, nenhum homem ou animal se mexia na vastidão dos campos que ficavam a nossa frente. O sol da tarde atravessava-os com seus raios tranquilos, mas pesavam sobre todas as coisas a imobilidade e o silêncio da morte universal — morte essa da qual breve iríamos compartilhar. Neste presente momento, aquela frágil superfície de vidro, ao reter o oxigênio extra, que neutralizava o éter envenenado, isolava-nos do destino de todos os nossos semelhantes.

Por algumas breves horas, o conhecimento e a presciência de um homem puderam preservar nosso pequeno oásis de vida num vasto deserto de morte e impedir que participássemos da catástrofe geral. Então, o gás iria se esgotar e nós também cairíamos sufocando sobre o tapete cor de cereja da sala de estar, e o destino da raça humana e de toda a vida terrena estaria completo. Por um longo tempo, num ambiente que era solene demais para qualquer palavra, olhamos para o trágico mundo lá fora.

— Há uma casa fumegando — disse Challenger, por fim, apontando para uma coluna de fumaça que se elevava acima das árvores. — Deve haver, eu suponho, muitas assim — talvez cidades inteiras em chamas — quando consideramos quantas pessoas podem ter caído com lumes nas mãos. A simples existência de combustão mostra que a proporção de oxigênio na atmosfera é normal e que o éter é o responsável. Ah, vejam lá, outro incêndio no alto da colina de Crowborough. É a sede do clube de golfe, se não me engano. Há um relógio de igreja anunciando as horas. Nossos filósofos teriam interesse em saber que os mecanismos feitos pelo homem sobreviveram à raça que os criou.

— Por Deus — gritou lorde John, levantando-se excitado de sua cadeira. — O que é aquela rajada de fumaça? É um trem.

Ouvimos o barulho do trem, e imediatamente ele alcançou voando nosso campo de visão, viajando no que me parecia a uma velocidade prodigiosa. De onde viera, ou de quão longe, não tínhamos meios de saber. Apenas por algum milagre da sorte ele poderia ter andado essa distância. Mas agora iríamos ver o fim terrível de sua viagem. Um trem de minério estava parado nos trilhos. Prendemos a respiração enquanto o expresso rugia ao longo dos mesmos trilhos. A batida foi horrível. Locomotiva e vagões empilharam-se numa montanha de madeira esfarpada e metal retorcido. Faíscas vermelhas de fogo tremularam nos destroços até que tudo ficou em chamas. Por meia-hora, sentamos quase sem falar, chocados com a visão assustadora.

— Pobres, pobres pessoas! — gritou, finalmente, a sra. Challenger, agarrando-se aos choramingos nos braços do marido.

— Minha querida, os passageiros daquele trem não tinham mais vida do que os carvões no qual bateram ou do que o carbono que se tornaram agora — disse Challenger, afagando sua mão suavemente. — Era um trem de vivos quando partiu da estação Victória, mas vinha carregado de mortos muito antes de alcançar o seu destino.

— No mundo inteiro a mesma coisa deve estar acontecendo — eu disse, enquanto a visão de estranhos acontecimentos se levantava diante de mim. — Pensem nos navios no mar, como eles continuaram navegando, até que as fornalhas se apagaram ou até que encalharam com toda a força em alguma praia. Os navios à vela também, como eles vão suportar e se encher de um carregamento de marinheiros mortos, enquanto o seu madeiramento apodrece e suas juntas vazam, até que, um a um, afundem para baixo da superfície. Talvez, daqui a um século, o Atlântico ainda esteja pontilhado com errantes velhos e abandonados.

— E as pessoas nas minas de carvão — disse Summerlee, com uma risadinha triste. — Se algum dia os geólogos, por alguma feliz coincidência, viverem de novo na Terra, eles terão estranhas teorias sobre a existência do homem na camada carbonífera.

— Eu não alego saber sobre tais coisas — observou lorde John —, mas me parece que a Terra estará mais "para o vazio", depois disso. Quando a multidão humana for eliminada da superfície da Terra, como poderá voltar?

— O mundo estava vazio antes — respondeu Challenger, gravemente.

— Sob leis cujos princípios estão além e acima de nós, ele foi populado.

—Por que o mesmo processo não poderia ocorrer novamente?

— Meu caro Challenger, você não acredita realmente nisso?

— Eu não tenho o hábito, professor Summerlee, de dizer coisas nas quais não acredito. A observação é trivial — argumentou. — A barba espetou o ar e as pálpebras se abaixaram.

— Bem, você viveu como um dogmático e pretende morrer assim — disse Summerlee, amargamente.

— E o senhor viveu como um obstrucionista e agora não se pode mais esperar que deixe de sê-lo.

— Seus mais duros críticos nunca o acusarão de falta de imaginação — redarguiu Summerlee.

— Pela minha honra — disse lorde John. — Seria típico de vocês se usassem a última dose de oxigênio ofendendo-se mutuamente. O que importa se as pessoas vão voltar ou não? Certamente não será enquanto vivermos.

— Nessa observação, o senhor trai suas limitações bastantes óbvias — disse Challenger, severamente. — A verdadeira mente científica não deve estar amarrada a suas próprias condições no tempo e no espaço. Ela constrói um observatório, erigido na fronteira que é o presente, a qual separa o passado infinito do futuro infinito. Desse posto seguro, ela faz suas investidas até o começo e o fim de todas as coisas. Quanto à morte, a mente científica morre em seu posto, trabalhando de forma normal e metódica até o fim. Ela ignora uma coisa tão insignificante quanto sua própria destruição física, tão completamente quanto ignora todas as limitações do plano material. Estou certo, professor Summerlee?

Summerlee resmungou um acordo involuntário.

— Com certas reservas, eu concordo — disse ele.

— A mente científica ideal — continuou Challenger — eu falo na terceira pessoa em vez de parecer muito autocomplacente —, a mente científica ideal deveria ser capaz de conceber um ponto de conhecimento abstrato, no intervalo entre a própria queda de um balão e a aterrissagem no solo. Homens de fibra, fortes assim, é que fazem os conquistadores da Natureza e os salva guardas da verdade.

— Parece-me que a Natureza está por cima dessa vez — disse lorde John, olhando pela janela. — Eu li alguns artigos célebres sobre vocês, cavalheiros, controlando-a, mas, a meu ver, ela os está passando para trás.

— Isso é apenas um revés temporário — disse Challenger, com convicção. — Uns poucos milhões de anos, o que são eles no grande ciclo do tempo? O mundo vegetal, como você pode ver, sobreviveu. Veja as folhas naquela árvore. Os pássaros estão mortos, mas as plantas florescem. Dessa vida vegetal no lago e na lama, em seu devido tempo, virão amebas microscópicas e rastejantes, que são os pioneiros desse grande exército da vida, para o qual, no momento, temos o dever extraordinário de servir como retaguarda. Uma vez que a mais baixa das formas de vida tenha-se estabelecido, o surgimento final do homem é tão certo quanto o crescimento do carvalho a partir da sua muda. O velho círculo estará girando mais uma vez.

— Mas e o veneno? — perguntei. — Ele não cortará a vida em seu botão?

— O veneno pode ser uma simples camada ou faixa no éter, uma corrente mefítica nesse poderoso oceano no qual flutuamos. Ou a tolerância pode ser estabelecida, e a vida se acomodará à nova condição. O simples fato de, com uma hiperoxigenação comparativamente pequena de nosso sangue, podermos resistir a ele é certamente uma prova em si de que nenhuma grande mudança seria necessária para habilitar a vida animal a enfrentá-lo.

A casa fumegante além das árvores estava agora em chamas. Podíamos ver as línguas altas do fogo disparando em direção ao céu.

— É uma grande pena — murmurou lorde John, mais impressionado do que eu jamais o vira.

— Bem, no final das contas, que importância tem? — observei. — O mundo está morto. A cremação é certamente o melhor funeral.

— Encurtaria nosso tempo se essa casa pegasse fogo.

— Eu previ o perigo — disse Challenger. E pedi a minha mulher que se prevenisse contra ele.

— Não há qualquer perigo, meu bem. Mas minha cabeça começa a girar novamente. Que atmosfera terrível!

— Devemos mudá-la — disse Challenger. Ele inclinou o cilindro de oxigênio.

— Está quase vazio — disse ele. — Durou aproximadamente três horas e meia. Agora já são quase oito. Devemos atravessar a noite confortavelmente. Espero o fim por volta das nove da manhã do dia que vai chegar. Veremos um nascer do sol que virá apenas para nós.

Ele ligou o segundo tubo e abriu por meio minuto a bandeira sobre a porta. Então, à medida que o ar ficava perceptivelmente melhor, nossos sintomas se tornaram mais agudos, mas ele a fechou novamente.

— Aliás — disse ele —, o homem não vive somente de oxigênio. Já passou da hora do jantar. Asseguro aos senhores, cavalheiros, que quando os convidei a minha casa, e ao que esperava fosse uma reunião interessante, eu pretendia que a minha cozinha não deixasse a desejar. Porém, devemos fazer o possível. Tenho certeza de que vocês concordarão comigo que seria loucura consumir nosso ar muito rapidamente ao ligarmos um forno a óleo. Eu tenho uma pequena provisão de carnes frias, pão e conservas, que, com um par de garrafas de vinho *Bordeaux*, pode satisfazer nossa necessidade. Obrigado, querida, agora e sempre você é a rainha das anfitriãs.

Era realmente maravilhoso como, com o autorrespeito e o senso de propriedade da dona de casa britânica, aquela senhora tinha, em poucos minutos, adornado a mesa central com uma toalha branca como a neve, colocado nela os guardanapos e disposto a refeição modesta com toda a elegância da civilização, incluindo uma lâmpada elétrica no centro. Maravilhoso, também, foi descobrir que o nosso apetite era avassalador.

— É a medida de nossa emoção — disse Challenger, com o ar de condescendência que emprestava à sua mente na explicação de fatos simplórios. — Passamos por uma grande crise. Isso significa distúrbios moleculares. Significa, também, necessidade de reparos. Grandes tristezas ou grandes alegrias costumam trazer fome intensa, não a abstinência alimentar, como os nossos romancistas gostariam.

— É por isso que as pessoas do campo fazem grandes festas nos funerais — eu arrisquei.

— Exatamente. Nosso jovem amigo encontrou um excelente exemplo. Permita-me servi-lo de mais um pedaço de língua.

— O mesmo acontece com os selvagens — disse lorde John, enquanto partia o bife. — Eu já os vi enterrando um chefe na cabeceira do rio Aruwimi, e eles comeram um hipopótamo que deveria pesar o mesmo que toda tribo junta. Há algumas tribos próximas da Nova Guiné que comem o falecido em pessoa, apenas como um rito de passagem. Bem, de todas as celebrações funerárias desse mundo, eu suponho ser esta nossa aqui a mais estranha de todas.

— A coisa mais estranha é — disse a sra. Challenger — que eu acho impossível sentir pena dos que já se foram. Há o meu pai e a minha mãe em Bedford. Eu sei que eles estão mortos; no entanto, em meio a essa tremenda tragédia universal, não consigo sentir tristeza aguda pelos indivíduos, mesmo que sejam eles.

— E a minha velha mãe em sua choupana na Irlanda — disse eu. — Posso vê-la em minha imaginação, com seu xale e seu chapéu de fitas, recostando-se de olhos fechados na velha cadeira de espaldar alto, perto da janela, tendo ao lado seus óculos e seu livro. Por que deveria eu chorar por ela? Ela morreu e eu estou morrendo, e eu posso estar mais perto dela em outra vida do que a Inglaterra estava da Irlanda. Contudo, fico triste ao pensar que aquele corpo querido não existe mais.

— Quanto ao corpo — observou Challenger —, não choramos pelas unhas que cortamos, ou as madeixas de cabelo perdidas, apesar de terem sido um dia partes de nós. Nem um homem de uma perna só chora sentimentalmente pelo membro que lhe falta. O corpo físico tem sido uma fonte de dor e fadiga para nós. Ele é a lista completa de nossas limitações. Por que então deveríamos nos preocupar com a separação de nossos entes físicos?

— Se eles realmente podem ser separados — resmungou Summerlee. — Mas, de qualquer forma, a morte universal é horrível.

— Como eu já expliquei — disse Challenger —, a morte universal deve, por natureza, ser muito menos horrível do que uma isolada.

— Assim como numa batalha — observou lorde John. — Se você visse um único homem deitado no chão com seu peito machucado e um buraco no rosto, isso deixaria você com enjoo. Mas eu já vi dez mil cadáveres no Sudão e não me deu semelhante impressão, pois, quando você está fazendo a história, a vida de qualquer homem é algo muito pequeno para despertar preocupação. Quando um bilhão de pessoas morrem juntas, como aconteceu hoje, você não pode destacar o seu ente querido da multidão.

— Gostaria que já estivesse terminado para nós — disse a senhora suspirando. — Oh, George, tenho tanto medo.

— Você será a mais corajosa de todos nós, quando chegar a hora. Eu tenho sido um marido temperamental para você, querida, mas tenha apenas na mente que G. E. C. é como ele foi feito e não pode evitar. Afinal de contas, você não teria preferido outra pessoa?

— Ninguém, em todo esse mundo, querido — disse ela, e colocou os braços em volta do pescoço de touro dele. Nós três andamos até a janela e ficamos estupefatos com a visão diante de nossos olhos.

A escuridão havia caído e o mundo sem vida estava amortalhado nas sombras. Mas bem no horizonte sul, havia uma vívida faixa escarlate iluminando e escurecendo em vívidas pulsações, indo num repente ao mais forte vermelho e, então, mergulhando num risco brilhante de fogo.

— Lewes está em chamas! — gritei.

— Não, é Brighton que está queimando — disse Challenger, atravessando a sala para se juntar a nós. — Você pode ver o relevo ondulado das colinas contra a luz. Esse fogo está milhas depois do início da cidade. Toda ela deve estar ardendo.

Havia muitos focos de luz em pontos diferentes, e brasas escuras ainda crepitavam sobre a estrada de ferro, na pilha de *débris*, mas todos eles pareciam pingos de luz comparados ao monstruoso incêndio que ocorria além das montanhas. Que edição teria dado para a *Gazette*! Uma manchete tão boa e tão pouca chance de usá-la, já teria acontecido isso a algum jornalista, o furo dos furos, mas ninguém para apreciá-lo? E então, subitamente, o velho instinto de registrar tomou conta de mim. Se esses cientistas podiam ser tão verdadeiros para com o trabalho de suas vidas até o final, por que eu, de minha maneira modesta, não poderia ser igualmente constante? Nenhum olho humano deverá pôr os olhos no que eu fiz. Mas a longa noite teria de ser atravessada de algum jeito; pelo menos para mim, dormir parecia fora de questão. Minhas notas ajudariam a passar as horas tristes e a ocupar os meus pensamentos. Graças a isso é que tenho agora, diante de mim, o caderno com as páginas rabiscadas, escritas confusamente, sobre o meu joelho, na luz fraca e instável de nossa única lâmpada elétrica. Tivesse eu o dom literário, seria a hora de usá-lo. Assim como estão, elas ainda podem servir para trazer a outras mentes as emoções profundas e os tremores daquela noite terrível.

CAPÍTULO 4

O DIÁRIO DOS QUE MORREM

Quão estranhas parecem essas palavras rascunhadas no alto da página vazia de meu caderno! Ainda mais estranho é que eu, Edward Malone, fui quem as escreveu — eu, que acordei há apenas umas doze horas, em meu quarto em Streatham, sem pensar nos prodígios que o dia iria trazer! Eu recordei a série de incidentes, minha entrevista com McArdle, o primeiro sinal de alarme de Challenger no *Times*, a viagem absurda no trem, o almoço agradável, a catástrofe, e agora tudo acaba assim — nós ficamos sozinhos num planeta vazio e tão certo é o nosso destino, que eu posso entender essas linhas, escritas por um simples hábito mecânico de profissão e condenadas a nunca serem vistas por olhos humanos, como as palavras de alguém que já está morto, tão perto está ele da fronteira sombria que todos, com exceção desse pequeno círculo de amigos, já atravessaram. Eu sinto agora quão sábias e verdadeiras foram as palavras de Challenger, quando disse que a maior tragédia seria se fôssemos deixados para trás quando tudo o que é nobre, bom e belo tivesse ido embora. Mas disso certamente não há qualquer perigo. Nosso segundo tubo de oxigênio já está se esgotando. Nós podemos contar os débeis fios de nossas vidas quase que minuto a minuto.

Acabamos de ser agraciados com uma palestra feita por Challenger, que durou bem uns quinze minutos, durante a qual ele estava tão excitado que rugia e ecoava, como se estivesse se dirigindo a seus velhos colegas de ceticismo científico no Salão da Rainha. Ele tinha, certamente, uma estranha plateia para ouvi-lo discursar: sua esposa aquiescia com impecável obediência e ignorava completamente o significado do que dizia. Summerlee estava sentado na penumbra, querelante e crítico, mas interessado; lorde John, encostado num canto um tanto aborrecido por aquela história toda; e eu ao lado da janela, observando a cena com uma espécie de atenção aérea, como se tudo não passasse de um sonho ou algo em que eu não tinha qualquer interesse pessoal. Challenger estava sentado na mesa do centro, com a lâmpada elétrica iluminando a amostra sob o microscópio que ele trouxera do seu quarto de vestir. Vindo do espelho, um pequeno e intenso círculo de luz branca expunha metade de seu enrugado e barbado rosto a um brilho radiante, e metade permanecia na mais escura das sombras. Nos últimos tempos, ao que parece, ele tinha estado trabalhando nas formas mais elementares de vida, e o que o excitava no presente momento era que na lâmina do microscópio, preparada na véspera, ele encontrou uma ameba ainda viva.

— Vocês podem ver por si mesmos — ele ficava repetindo, numa enorme excitação. — Summerlee, você poderia entrar na discussão e opinar sobre a matéria? Malone, você teria a bondade de verificar o que eu digo? As coisas pequenas, na forma de rocas, no centro, são diatomáceas e podem ser desconsideradas, uma vez que são mais vegetais que animais. Mas, do lado direito, vocês verão uma ameba incontestável, movendo-se quase imperceptivelmente através do campo de visão. A rosca de cima é o ajuste do foco. Vejam-na com seus próprios olhos.

Summerlee o fez, e concordou. Eu fiz o mesmo, e percebi uma pequena criatura que parecia um grão de poeira, movendo-se de forma pegajosa pelo círculo iluminado. Lorde John estava disposto a acreditar em sua palavra.

— Eu não estou me preocupando se ela está viva ou morta — disse ele. — Nós nos conhecemos apenas de vista, então por que eu iria me importar? Eu não acredito que ela esteja se preocupando com o estado de *nossa* saúde.

Eu ri da piada, e Challenger virou-se para mim, lançando um olhar gelado e de profundo desprezo. Foi uma experiência petrificante.

— A irreverência dos semieducados é um obstáculo maior para a ciência do que a obtusidade do ignorante — disse ele. — Se lorde John Roxton me permitir...

— Meu querido George, não seja tão esquentado — disse sua esposa, com a mão na selva de pelos que estava apoiada no microscópio. — Que importância pode ter se a ameba está viva ou morta?

— Isso tem uma enorme importância — disse Challenger, secamente.

— Bem, vamos ouvir sobre isso — disse lorde John, com um sorriso bem humorado. — Nós tanto podemos falar disso como de qualquer outra coisa. Se você acha que eu fui muito sem jeito com a coisinha, ou feri seus sentimentos de alguma maneira, pedirei desculpas.

— Quanto a mim — observou Summerlee, em sua voz estridente e provocante —, eu não vejo por que você daria tanta importância ao fato de a criatura estar viva. Ela está na mesma atmosfera que nós; então, é natural que o veneno não faça efeito nela. Se ela estivesse do lado de fora deste quarto estaria morta, como todo o resto da vida animal.

— Suas observações, meu bom Summerlee — disse Challenger, com enorme condescendência (oh, se eu pudesse imprimir aquele rosto autoritário e arrogante no vívido círculo de reflexo do espelho do microscópio!) —, suas observações mostram que você analisa imperfeitamente a situação. Esse espécime se formou ontem e está hermeticamente fechado. Nem mesmo a menor dose de nosso oxigênio pode alcançá-lo. Mas o éter, é claro, já penetrou aí, como em todos os pontos do universo. Portanto, ele sobreviveu à catástrofe.

— Bem, mesmo assim, eu não me sinto inclinado a dar gritos de alegria por isso — disse lorde John. — Que importância tem?

— A importância é a seguinte: o mundo não é um lugar de morte, mas de vida. Se vocês tivessem imaginação científica, baseariam suas mentes nesse fato e veriam há alguns milhões de anos um simples momento passageiro no fluxo gigantesco do Tempo, o mundo inteiro fervilhando uma vez mais com a vida animal e humana, que florescerá a partir dessa pequena raiz. Vocês já viram um incêndio na pradaria, onde as chamas destruíram cada vestígio de grama ou planta na superfície da terra e deixaram apenas uma devastação enegrecida. Vocês iriam pensar que aquilo ficaria deserto para sempre. No entanto, as raízes do crescimento foram deixadas para trás e quando vocês passam pelo lugar anos depois, não sabem mais dizer onde as cicatrizes negras costumavam ficar. Aqui, nessa minúscula criatura, estão as raízes do crescimento do mundo animal e, por seu desenvolvimento e evolução inerentes, ela certamente removerá, com o tempo, cada marca dessa crise incomparável na qual agora estamos envolvidos.

— Muito interessante! — disse lorde John passando por nós e olhando pelo microscópio. — Camaradinha engraçado para se pendurar como o primeiro entre os retratos dos antepassados. Tem uma presilha de colarinho impecável!

— O objeto escuro é o seu núcleo — disse Challenger, com o ar de uma babá que ensina um bebê a ler.

— Bem, não precisamos mais nos sentir sós — disse lorde John, rindo. — Há alguém vivo na terra além de nós.

— Você parece dar por certo, Challenger — disse Summerlee —, que o objetivo da criação desse mundo era que ele produzisse e abrigasse a vida humana.

— Bem, senhor, e que outro objetivo você sugere? — perguntou Challenger, encrespando ao menor sinal de contradição.

— Às vezes, eu acho que é apenas o monstruoso convencimento da humanidade que a faz crer que todo esse palco foi erigido só para ela pisar.

— Não podemos ser dogmáticos quanto a isso, porém, sem o que você se aventurou a classificar como monstruoso convencimento, nós podemos dizer que somos a coisa mais elevada da Natureza.

— A mais elevada que nós conhecemos.

— Isso, meu caro, está implícito.

— Pense em todos os milhões e, talvez, bilhões de anos em que a Terra girou vazia através do espaço — ou, se não vazia, ao menos sem um sinal ou pensamento relativo à raça humana. Pense nisso, lavada pela chuva e castigada pelo sol, e varrida pelo vento por essas eras incalculáveis. O homem só veio ao mundo ontem, de acordo com o tempo geológico. Por que, então, se deve ter certeza de que toda essa preparação estupenda foi feita em seu benefício?

— Para quem, então, ou para o quê?

Summerlee encolheu os ombros.

— Como podemos saber? Por alguma razão, totalmente além de nosso entendimento, e o homem pode ter sido um mero acidente, um subproduto envolvido num processo. É como se a espuma na superfície do oceano imaginasse que ele havia sido criado para produzi-la e sustentá-la, ou um rato numa catedral pensasse no edifício como uma casa própria e a ele destinada.

Eu transcrevi as exatas palavras de sua discussão; mas agora elas degeneram num simples e barulhento bate-boca, com muito jargão científico e polissilábico de cada um dos lados. É, sem dúvida, um privilégio ouvir dois cérebros como aqueles discutirem as mais altas questões; mas, uma vez que estão em perpétua discordância, pessoas normais como lorde John e eu não extraímos muita coisa positiva da exibição. Eles se neutralizam mutuamente e acabamos ficando como no início. Agora o bate-boca terminou e Summerlee está encolhido em sua cadeira, enquanto Challenger, ainda manuseando as roscas de seu microscópio, está mantendo um ronco baixo, profundo, inarticulado, como o mar após a tempestade. Lorde John chega-se até a mim e olhamos juntos para a noite lá fora.

Há uma lua pálida (a última lua que olhos humanos jamais fitarão) e as estrelas estão mais brilhantes. Mesmo no platô claro da América do Sul, eu nunca as vi tão brilhantes. Possivelmente, essa mudança etérea tem algum efeito na luz. A pira funerária de Brighton ainda está ardendo e há uma faixa escarlate muito distante no lado oeste do céu, que pode significar problemas em Arundel e Chichester, talvez até em Portsmouth. Eu me sento e vagueio em pensamentos e faço uma anotação ocasional. A juventude e a beleza e o cavalheirismo e o amor — será esse o fim de tudo isso? A terra iluminada de estrelas parece uma terra de sonhos pacíficos e gentis. Quem poderia imaginá-la como o terrível Gólgota*, coberto de corpos da raça humana? De repente, eu me pego rindo.

— Aleluia, rapaz! — diz lorde John, olhando-me com surpresa. — Nós gostaríamos de uma piada nessas horas difíceis. Do que você estava rindo?

— Estava pensando em todas as grandes perguntas não respondidas — comecei —, as perguntas nas quais gastamos tanto trabalho e esforço mental. Pensem na competição anglo-germânica, por exemplo, ou na do Golfo Pérsico, na qual meu velho chefe ficava tão envolvido. Quem iria adivinhar, quando craniávamos e nos afligíamos tanto, a forma como elas iriam eventualmente ser resolvidas.

Caímos em silêncio novamente. Eu imagino que cada um de nós esteja pensando em amigos que já se foram. A sra. Challenger está chorando silenciosamente e seu marido está sussurrando para ela. Minha mente vagueia por entre pessoas mais inesperadas e vejo a cada uma delas deitadas, brancas e rígidas, como o pobre Austin no jardim. Há McArdle, por exemplo. Eu sei exatamente onde ele está, com o seu rosto na mesa de escrever e a mão no seu próprio telefone, do mesmo jeito que o ouvi cair. Beaumont, o editor, também (eu suponho que ele esteja deitado no tapete persa azul e vermelho que adornava o seu santuário). E os rapazes da redação — Macdonna, Murray e Bond. Eles certamente morreram exercendo sua profissão, com blocos cheios de impressões vívidas e sabendo de estranhos acontecimentos. Eu bem podia imaginar como esse teria sido enviado aos doutores, e o outro a Westminster, e ainda um terceiro à catedral de São Paulo. Que série gloriosa

---

* Gólgota, palavra de origem aramaica que significa "crânio", "caveira". Nome do lugar onde Jesus foi crucificado, cuja localização exata hoje se perdeu. N. do E.

de manchetes eles devem ter visto, como uma última visão de beleza, destinada a nunca se materializar na tinta do gráfico! Eu podia ver Macdonna entre os médicos — "Esperança na rua Harley" — Mac sempre teve um fraco pela aliteração. "Entrevista com o sr. Soley Wilson!". "Famoso Especialista diz 'Não Desanimem Jamais!'" "Nosso Correspondente Especial encontrou o eminente cientista sentado no telhado, para onde se retirara a fim de evitar a multidão de pacientes apavorados que havia irrompido por sua propriedade. Com uma maneira que mostrava claramente sua visão da imensa gravidade das circunstâncias, o físico renomado recusou-se a admitir que todos os caminhos da esperança estejam fechados." Assim é que Mac começaria. Então, havia Bond; ele provavelmente cobriria a catedral de São Paulo. Ele admirava seu próprio dom literário. Palavra de honra, que história para ele! "Em pé na pequena galeria sob a cúpula e olhando lá embaixo a massa compacta de seres humanos desesperados, implorando nesse último momento perante um Poder que eles tinham tão persistentemente ignorado, subia aos meus ouvidos, vindo da multidão ondulante, um gemido surdo de respeito e terror, um arrepiante grito de socorro ao Desconhecido, que...," e assim por diante.

Sim, seria incrível para um repórter; contudo, como eu, ele morreria sem usar seus tesouros. O que Bond não daria, pobre camarada, para ver "J.H.B." no pé de uma coluna como essa?

Mas que bobajada é essa que estou escrevendo! É apenas uma tentativa de passar o tempo soturno. A sra. Challenger foi para o quarto de vestir reservado, e o professor diz que ela está dormindo. Ele está tomando notas e consultando livros na mesa do centro da sala tão calmamente como se tivesse anos de trabalhos plácidos a sua frente. Ele escreve com uma caneta de pena muito barulhenta, que parece estar guinchando desprezo a todos que discordam dele.

Summerlee afundou-se em sua cadeira e dá, de tempos em tempos, um ronco particularmente exasperante. Lorde John está recostado com as mãos nos bolsos, e seus olhos fechados. Como as pessoas podem dormir sob semelhantes condições é algo que não consigo entender.

Três e meia da manhã. Eu acabei de acordar assustado. Cinco minutos depois das onze, eu fizera minha última entrada. Eu me lembro de dar corda no relógio e reparar nas horas. Então eu desperdicei umas cinco horas do pequeno prazo que nós temos. Você acreditaria nisso? Mas eu me sinto mais bem disposto e pronto para o meu destino, ou tento me persuadir que estou. Porém, quanto mais preparado estiver o homem, e quanto mais alta estiver a maré da vida, mais ele irá fugir da morte. Quão sábia e piedosa é a lei da Natureza, pela qual a âncora terrena do homem, normalmente, é afrouxada por muitos puxões imperceptíveis, até que sua consciência tenha escorregado de seu protegido porto terreno, vindo a cair no grande mar do além!

A sra. Challenger ainda está no quarto de vestir. Challenger caiu no sono em sua cadeira. Que cena! Sua enorme cabeça inclinada para trás, suas mãos grandes e peludas estão cruzadas na cintura, e sua cabeça está tão inclinada que eu nada posso ver acima de seu colarinho, a não ser um tufo de pelos de sua barba exuberante. Ele treme com a vibração de seu próprio ronco; Summerlee acrescenta seu ocasional som de tenor alto ao baixo sonoro de Challenger. Lorde John está dormindo também, seu longo corpo dobrado ao meio numa cadeira. A primeira luz fria da madrugada está invadindo o quarto e tudo está cinza e tristonho.

Eu olho para o nascer do sol, esse inexorável nascer do sol que brilhará sobre um mundo despopulado. A raça humana se foi, extinta em um dia, mas os planetas giram e as marés sobem e descem, e os ventos assobiam, e toda a Natureza segue seu caminho, assim parece, até a própria ameba, sem nenhum sinal de que ele, que se intitulou o senhor da criação, tenha alguma vez abençoado ou amaldiçoado o universo com sua presença. Lá embaixo no quintal, Austin continua com seus membros esparramados, seu rosto de um branco brilhante na madrugada e a ponta da mangueira ainda se projetando de sua mão cadavérica. Toda a humanidade está exemplificada naquela figura meio ridícula e meio patética, deitada tão desprotegida ao lado da máquina que costumava controlar.

Aqui terminam as notas que fiz naquela ocasião. Daqui em diante, os acontecimentos foram muito rápidos e emocionantes, não permitindo que eu escrevesse, mas estão também muito claramente delineados em minha memória para qualquer detalhe me escapar.

Um aperto em minha garganta me fez olhar para os cilindros de oxigênio e fiquei estupefato com o que vi. Tínhamos muito pouco tempo de vida. Em algum momento da noite, Challenger havia trocado o tubo do terceiro para o quarto cilindro. Agora estava claro que esse também se aproximava do fim. Aquela horrível sensação de constrição se aproximava de mim. Eu corri pela sala e, desatarrachando o encaixe, coloquei em uso o nosso último suprimento. Enquanto fazia isso, minha consciência me incomodou, pois me dei conta que se tivesse segurado minhas mãos, todos eles teriam morrido durante o sono. O pensamento foi banido, porém, pela voz da senhora vinda do quarto reservado, gritando:

— George, George, estou com falta de ar!

— Está tudo bem, sra. Challenger — respondi, enquanto os outros pulavam de suas cadeiras. — Eu acabei de colocar novo suprimento.

Mesmo num momento como esse, eu não podia evitar de sorrir a Challenger, que, com um grande punho peludo em cada olho, era como um enorme bebê barbado, recém-acordado do sono. Summerlee, enquanto tomava consciência de sua situação, tremia como um homem com febre e medos humanos, que fugiam, por um instante, ao controle de seu estoicismo científico. Lorde John, no entanto, estava frio e alerta como se estivesse acordando para uma manhã de caçadas.

— Quinto e último — disse ele, olhando para o tubo. — Ei, rapaz, não me diga que você vem escrevendo suas impressões nesse papel em seu joelho.

— Apenas umas anotações para passar o tempo.

— Bem, eu suponho que só mesmo um irlandês teria feito uma coisa assim. Acho que será necessário você esperar até que nosso irmãozinho ameba tenha crescido, antes de encontrar um leitor. Ele não parece muito atento para as coisas no momento. Bem, *Herr* professor, quais são as perspectivas?

Challenger estava olhando para as grandes correntes de névoa matinal lá fora, que pairavam sobre a paisagem. Aqui e ali, as colinas arborizadas se elevavam como ilhas cônicas nesse mar branco como a lã.

— Pode ser um lençol de fumaça — disse a sra. Challenger, que entrara no cômodo trajando penhoar. — Como aquela sua música, George, "Toque o velho para fora, toque o novo para dentro". Foi profética. Mas vocês estão tremendo, meus pobres amigos. Eu tenho estado aquecida sob os cobertores a noite inteira, e vocês com frio em suas cadeiras. Mas em breve eu ajeitarei isso.

A brava e pequena criatura foi embora correndo e imediatamente ouvimos o assobio de uma chaleira. Ela voltou logo com cinco xícaras de chocolate quente numa bandeja.

— Bebam isso — disse ela. — Vocês se sentirão muito melhores.

E assim fizemos. Summerlee perguntou se poderia acender seu cachimbo, e todos nós fumamos cigarros. Isso tranquilizou nossos nervos, eu acho, mas foi um erro, pois empesteou a atmosfera daquele quarto abafado. Challenger teve de abrir a ventilação.

— Quanto tempo mais, Challenger? — perguntou lorde John.

— Umas três horas, talvez — ele respondeu, com um gesto de descaso.

— Eu andava assustada — disse sua esposa. — Mas quanto mais perto estou, mais fácil me parece. Você não acha que devíamos rezar, George?

— Reze você, querida, se desejar — respondeu o grande homem muito gentilmente. — Todos nós temos nossa maneira de rezar. A minha é uma completa aquiescência por qualquer coisa que o Destino me reserve, uma alegre aquiescência. A mais alta religião e a mais alta ciência parecem se unir nisso.

— Eu não posso descrever fielmente minha atitude mental como uma aquiescência, e muito menos como uma alegre aquiescência — resmungou Summerlee, sobre seu cachimbo. — Eu me rendo por necessidade. Confesso que teria gostado de mais um ano de vida para terminar minha classificação de fósseis em gesso.

— Seu trabalho inacabado é uma coisa pequena — disse Challenger, pomposamente —, quando comparado ao meu próprio *magnum opus*, *A Escada da Vida*, pois ainda estava em seus estágios iniciais. Meu cérebro, minhas leituras, minha experiência (na verdade, todo o meu equipamento sem igual) seriam condensados nesse volume antológico. E, no entanto, eu aquiesço.

— Acredito que todos nós deixamos alguns fios soltos — disse lorde John. — Quais são os seus, jovem rapaz?

— Eu estava trabalhando num livro de poesias — respondi.

— Bem, o mundo escapou disso, pelo menos — disse lorde John.

— Sempre há uma compensação em algum lugar se você der uma tateada em volta.

— E quanto a você? — perguntei.

— Bem, por acaso eu tinha um compromisso para o qual estava pronto. Eu tinha prometido ir ao Tibete com Merivale, atrás de um leopardo branco na primavera. Mas é duro para a sra. Challenger, que acabou de construir esta bela casa.

— Onde George está, aí é a minha casa. Mas, oh, o que eu não daria por um último passeio com ele no ar fresco da manhã, nesses lindos gramados!

Nossos corações reverberaram suas palavras. O sol havia rompido a névoa fina que o acobertara e Weald inteiro estava lavado por sua luz. Sentados em nossa escura e venenosa atmosfera, aqueles campos gloriosos, limpos e frescos pareciam um sonho de beleza. A sra. Challenger, em sua tristeza, mantinha a mão esticada em direção ao quintal. Aproximamos nossas cadeiras e sentamos num semicírculo em frente à janela. A atmosfera já estava muito pesada. Parecia, a meu ver, que as sombras da morte já nos estavam cercando — os últimos de nossa raça. Era como uma cortina invisível que se fechava vinda de todos os lados.

— Este cilindro não está durando tanto — disse lorde John, com uma longa inspiração.

— A quantidade que eles contêm é variável — disse Challenger. — Depende da pressão e do cuidado com que foram engarrafados. Estou inclinado a concordar com você, Roxton, esse aí está com defeito.

— Então, por uma ironia do Destino, perderemos nossa última hora de vida — observou Summerlee, amargamente. — Um ótimo exemplo final da época sórdida em que vivemos. Bem, Challenger, agora é a sua hora, se quiser, de estudar os fenômenos subjetivos da dissolução física.

— Sente-se no pufe a minha frente e me dê sua mão — disse Challenger à esposa. — Eu acho, meus amigos, que um maior atraso nessa atmosfera insuportável não é uma medida sábia. Você não gostaria, gostaria, meu bem?

Sua esposa deu um pequeno gemido e afundou o rosto em sua perna.

— Eu já vi as pessoas tomando banho no rio Serpentine no inverno — disse lorde John. — Quando o resto está dentro, você vê um ou dois tremendo na margem, invejando aqueles que deram o mergulho. São os últimos que sofrem mais. Eu sou totalmente a favor de mergulhar e acabarmos logo com isso.

— Você abriria a janela e encararia o ar?

— Melhor ser envenenado que asfixiado.

Summerlee fez seu relutante sinal de acordo e estendeu sua mão fina a Challenger.

— Nós tivemos discussões em nosso tempo, mas está tudo acabado — disse ele. — Éramos bons amigos e, no fundo, tínhamos respeito um pelo outro. Adeus!

— Adeus, jovem rapaz! — disse lorde John.

— A janela é fixa. Não pode abri-la.

Challenger inclinou-se para frente e levantou a esposa, apertando-a contra o peito, enquanto ela jogava seus braços em volta de seu pescoço.

— Dê-me aquele binóculo, Malone — disse ele, gravemente.

Eu lhe passei o objeto.

— Nas mãos do Poder que nos concebeu, nós nos colocamos novamente! — gritou ele com sua voz de trovão e, com essas palavras, atirou o binóculo na janela.

Antes que o último som dos fragmentos caídos desaparecesse, nossos rostos emocionados foram atingidos em cheio pelo bafo salutar do vento, soprando forte e doce.

Eu não sei por quanto tempo ficamos sentados num silêncio espantado. Então, como num sonho, ouvi a voz de Challenger uma vez mais.

— Estamos de volta às condições normais — ele gritou. — O mundo atravessou a nuvem da morte, mas somos os únicos sobreviventes de toda humanidade.

———*———

CAPÍTULO 5

O MUNDO MORTO

Lembro-me de que todos sentamos arquejando em nossas cadeiras, com aquela brisa doce e úmida do sudoeste, vinda fresca do mar, farfalhando as cortinas de musselina e esfriando nossos rostos afogueados. É difícil dizer por quanto tempo ficamos sentados! Nenhum de nós concordava nesse ponto. Estávamos confusos, chocados, semiconscientes. Todos nós tínhamos reunido coragem para a morte, mas esse fato novo e assustador — que deveríamos continuar a viver após termos sobrevivido à raça a qual pertencíamos – atingiu-nos com a violência de um golpe físico e deixou-nos prostrados. Então, gradualmente, o mecanismo estagnado começou a se mover uma vez mais; as agulhas da memória funcionaram; ideias costuraram-se a si próprias em nossas mentes. Vimos, com uma clareza vívida e impiedosa, as ligações entre o passado, o presente e o futuro — as vidas que tínhamos levado e as vidas que seríamos obrigados a levar. Nossos olhos se dirigiam num silêncio aterrorizado aos de nossos companheiros e neles encontraram o mesmo olhar como resposta. Ao invés da felicidade que se esperaria de homens que escaparam por pouco da morte iminente, fomos engolidos por uma onda terrível da mais negra depressão. Tudo que amávamos na Terra fora varrido para o oceano imenso, infinito e desconhecido, e aqui estávamos nós, encalhados sobre um mundo que era uma ilha deserta, sem companheiros, esperanças ou aspirações. Uns poucos anos esgueirando-nos como chacais por entre os túmulos da raça humana, e então chegaria nosso próprio fim, tardio e solitário.

— É terrível, George, terrível! — gritou a senhora, numa agonia soluçante. — Se ao menos tivéssemos morrido com os outros! Oh, por que você nos salvou? Sinto como se fôssemos nós os cadáveres e todos os outros estivessem vivos.

As grandes sobrancelhas de Challenger estavam abaixadas, concentrando-se num pensamento, enquanto sua pata enorme e peluda aproximou-se da mão esticada de sua esposa. Eu observara que ela sempre esticava os braços para ele quando tinha problemas como uma criança faria com a mãe.

— Sem ser fatalista a ponto da não resistência — disse ele —, eu sempre achei que a mais alta sabedoria repousa na aquiescência no que tange à realidade. Ele falou lentamente e havia uma nota de emoção em sua voz sonora.

— Eu não aquiesço — disse Summerlee, com firmeza.

— Que importância tem se você aquiesce ou não — observou lorde John. — Você tem de aceitar, seja resistindo ou ficando passivo: então, que diferença faz se você aquiesce ou não? Eu não me lembro de ninguém pedir nossa permissão antes da coisa começar e, provavelmente, ninguém nos pedirá agora. Então, que diferença pode fazer o que nós pensamos disso?

— É apenas toda a diferença entre a felicidade e a miséria — disse Challenger, com um olhar distante, ainda afagando a mão de sua esposa. — Você pode nadar com a maré e ter paz na mente e na alma, ou pode investir contra ela e terminar machucado e enfraquecido. Esse negócio está além de nós, então vamos aceitá-lo como é e não dizer mais nada.

— Mas que diabos vamos fazer de nossas vidas? — perguntei, apelando desesperado para o céu azul e vazio. — O que eu vou fazer, por exemplo? Não há jornais, é o fim de minha vocação.

— E não há nada mais para caçar, e nenhuma expedição militar, então é o fim da minha — disse lorde John.

— E não há estudantes, logo é o fim da minha — exclamou Summerlee.

— Mas eu tenho meu marido e minha casa, então posso agradecer aos céus que o fim da minha não chegou — disse a sra. Challenger.

— Nem o fim da minha — observou Challenger —, pois a ciência não está morta, e essa catástrofe em si mesma nos oferecerá muitos problemas absorventes para investigação.

Ele agora abrira totalmente as janelas e nós estávamos olhando para a paisagem silenciosa e sem movimento.

— Deixem-me considerar — ele continuou. — Era por volta de três horas, ou um pouco depois, da tarde de ontem, quando o mundo finalmente entrou na nuvem envenenada a ponto de ficar completamente submerso. Agora são nove horas. A pergunta é: a que hora saímos dela?

— O ar estava muito ruim ao nascer do dia, eu falei.

— Mais tarde que isso — disse a sra. Challenger. — Ainda às oito horas, senti com clareza o mesmo sufocamento em minha garganta que eu havia sentido no início.

— Então podemos dizer que aconteceu logo depois das oito. Por dezessete horas, o mundo esteve mergulhado no éter venenoso. Por esse espaço de tempo, o Grande Jardineiro esterilizou o fungo humano que havia crescido na superfície de sua fruta. Será possível que o trabalho esteja feito de maneira incompleta, que outros tenham sobrevivido além de nós.

— Era nisso que eu estava pensando — disse lorde John. — Por que seríamos nós os únicos grãos de areia na praia?

— É absurdo supor que alguém, além de nós, tenha sobrevivido — disse Summerlee, com convicção. — Considerem que o veneno era tão virulento que mesmo um homem forte como um touro e que não tem um nervo em seu corpo, como nosso Malone aqui, mal podia subir as escadas antes de cair inconsciente. Eu duvido que alguém pudesse resistir dezessete minutos ao veneno, que dirá dezessete horas!

— A não ser que alguém tenha visto o veneno chegar e feito preparativos, como fez nosso velho amigo Challenger.

— Isso, acho eu, é pouco provável — disse Challenger, projetando sua barba e fechando suas pálpebras. — A combinação de observação, inferência e imaginação antecipada, que me permitiu prever o perigo, é uma coisa que não se pode esperar duas vezes na mesma geração.

— Então, a sua conclusão é que todos estão mortos?

— Não pode haver muita dúvida quanto a isso. Precisamos lembrar, entretanto, que o veneno caminhou de baixo para cima e que, possivelmente, estaria menos violento nas regiões mais altas da atmosfera. E, de fato, estranho que assim ocorresse; mas isso mostra uma daquelas características que nos servirá no futuro como um campo fascinante de estudo. Pode-se imaginar, portanto, que se fôssemos procurar por sobreviventes, nossos olhos se voltariam com mais chance de sucesso a alguma vila tibetana ou alguma fazenda nos Alpes, muitos milhares de pés acima do nível do mar.

— Bem, considerando que não há ferrovias ou vapores, você bem poderia falar de sobreviventes na lua — disse lorde John. — Mas o que estou me perguntando é se acabou realmente ou está apenas no intervalo.

Summerlee esticou o pescoço para olhar em volta no horizonte.

— O céu parece claro e puro — disse ele, numa voz muito dúbia. — Mas assim parecia ontem. Eu não estou absolutamente convencido de que tudo esteja acabado.

Challenger encolheu os ombros.

— Devemos voltar uma vez mais ao nosso fatalismo — disse. — Se o mundo atravessou essa experiência antes, o que não está fora do leque de possibilidades, foi certamente há muito tempo. Portanto, seria sensato esperar que levará muito até que esse fato se repita.

— Até aí tudo bem — disse lorde John. — Mas se você passa por um terremoto, há grandes chances de você passar por outro logo depois. Eu acho que demonstraríamos sabedoria se esticássemos nossas pernas e tomássemos um ar enquanto temos chance. Já que o nosso oxigênio acabou, podemos ser pegos tanto aqui dentro como lá fora.

Era estranha a completa letargia que nos atingira após nossas tremendas emoções das últimas vinte e quatro horas. Ela era tanto mental quanto física, um sentimento arraigado de que nada importava e que qualquer iniciativa seria inútil e esgotante. Até mesmo Challenger sucumbira, permanecendo sentado em sua cadeira, com a grande cabeça apoiada nas mãos e seus pensamentos muito longe, até que lorde John e eu, agarrando-o um em cada braço, o pusemos suavemente de pé, recebendo por nosso gesto apenas o olhar e a rosnadura de um mastim bravo. No entanto, logo que saímos de nosso abrigo estreito para a atmosfera mais ampla da vida cotidiana, nossa energia costumeira retornou gradualmente.

Mas o que deveríamos começar a fazer naquele cemitério do mundo? Será que o homem, desde a aurora dos tempos, alguma vez tivera diante de si tal pergunta? É verdade que nossas próprias necessidades físicas, e mesmo nossos caprichos, estavam garantidos no futuro. Todos os estoques de comida, todas as safras de vinho, todos os tesouros da arte estavam à nossa disposição. Mas o que deveríamos *fazer*? Algumas tarefas nos atraíram prontamente, uma vez que estavam ao alcance de nossas mãos. Nós descemos até a cozinha e deitamos as duas empregadas sobre suas respectivas camas. Elas pareciam ter morrido sem sofrimento, uma na cadeira junto à lareira, a outra sobre o chão da copa. Então, trouxemos o pobre Austin do jardim. Seus músculos estavam rijos como uma tábua, no mais exagerado dos *rigor mortis**, enquanto a contração das fibras havia torcido sua boca num sorriso duro e sardônico. Esse sintoma prevalecia em todos os que tinham morrido pelo veneno. Por onde quer que fôssemos, éramos confrontados com aqueles rostos sorridentes, que pareciam gozar de nossa terrível situação, sorrindo firme e silenciosamente para os desgraçados sobreviventes de sua raça.

— Olhem — disse lorde John, que vagara incansavelmente pela sala de jantar, enquanto compartilhávamos alguma comida —, eu não sei o que vocês rapazes pensam disso, mas, de minha parte, eu simplesmente não aguento ficar aqui sem fazer nada.

---

* Expressão que designa o enrijecimento dos músculos num morto; *rigor* em latim significa imobilidade. N. do T.

— Talvez — respondeu Challenger —, você pudesse ter a gentileza de sugerir o que acha que deveríamos fazer.

— Acho que devemos nos mexer e ver tudo que aconteceu.

— Isso era o que eu iria propor.

— Mas não nessa pequena cidadezinha no campo. Podemos ver pela janela tudo o que esse lugar pode nos mostrar.

— Para onde deveríamos ir, então?

— Para Londres!

— Ah, claro — resmungou Summerlee —, você pode estar apto para uma caminhada de quarenta milhas, mas não estou certo quanto a Challenger, com suas pernas curtas. Estou perfeitamente seguro quanto a minha pessoa.

Challenger ficou bastante contrariado.

— Se o senhor tomasse o cuidado de restringir seus comentários a suas próprias peculiaridades físicas, descobriria que esse já é um vasto campo de análise — ele exclamou.

— Eu não tinha intenção de ofendê-lo, meu caro Challenger — disse nosso inábil amigo. — Você não pode ser responsabilizado pelo seu físico. Se a Natureza lhe deu um corpo pequeno e pesado, você não poderia evitar ser dono de pernas curtas e grossas.

Challenger estava muito furioso para responder. Ele conseguia apenas rosnar, piscar e encrespar-se. Lorde John apressou-se a intervir antes que a discussão se tornasse mais violenta.

— Você fala de andar. Por que deveríamos andar? — perguntou ele.

— Você sugere que peguemos o trem? — disse Challenger, ainda irritado.

— Qual é o problema com o automóvel? Por que não podemos ir nele?

— Eu não sou um expert — disse Challenger, mexendo em sua barba pensativamente. — Por outro lado, você tem razão ao supor que o intelecto humano, em suas mais altas manifestações, deveria ser suficientemente flexível para se debruçar sobre qualquer coisa. Sua ideia é excelente, lorde John. Eu mesmo levarei todos vocês até Londres.

— Você não fará nada disso — disse Summerlee, com decisão.

— Não, com efeito, George! — exclamou sua esposa. — Você só tentou uma vez, e lembre-se de como você atravessou o portão da garagem.

— Foi um lapso momentâneo de concentração — disse Challenger complacente. — Vocês podem considerar o assunto resolvido. Eu, com toda a certeza, levarei vocês até Londres.

A situação foi salva por lorde John.

— Qual é o carro? — ele perguntou.

— Um *Humber* de vinte cavalos.

— Ora, eu dirigi um desses durante anos a fio — disse ele. — "Por São Jorge!" — ele acrescentou. — Nunca imaginei que viveria para levar toda a raça humana de uma vez só. Há espaço suficiente para cinco, se bem me lembro. Peguem suas coisas, pois estarei pronto na porta às dez horas.

Pontualmente na hora anunciada, o carro chegou estalando e vibrando, com lorde John ao volante. Eu ocupei o lugar ao seu lado enquanto a senhora, numa útil localização mediadora, era espremida pelos dois homens briguentos no banco de trás. Então, lorde John soltou os freios, deslizou a alavanca da primeira para terceira e iniciamos o mais estranho passeio de automóvel que qualquer ser humano jamais fizera desde que o homem chegara à Terra.

Cabe a você imaginar a doçura da Natureza naquele dia de agosto, a frescura do ar da manhã, o brilho dourado do sol de verão, o céu sem nenhuma nuvem, o verde exuberante das florestas de Sussex, e o roxo muito vivo das flores que enchiam os gramados. Se alguém olhasse em volta para a beleza multicolorida da cena, todos os pensamentos relativos a uma vasta catástrofe teriam sido expulsos de sua mente, não fosse por uma sinistra marca — o grave silêncio que a tudo abraçava. Há um gentil murmúrio de vida que preenche um campo bastante povoado, tão profundo e constante que uma pessoa deixa de notá-lo, como o viajante no mar perde a percepção das ondas. O trinar dos passarinhos, o zumbir dos insetos, o distante eco das vozes, o mugir do gado, o latir distante dos cachorros, o rugir dos trens e o ranger das carroças, tudo isso forma um som baixo, ininterrupto, que atinge inesperadamente o ouvido. Agora sentíamos falta dele. Esse silêncio mortal era chocante. Era tão solene, tão impressionante, que o ruído e o ranger de nosso automóvel parecia uma intromissão não autorizada, um descaso obsceno para com aquela quietude reverente, que, como um manto, cobria todas as ruínas da humanidade. Essa mudez severa e as nuvens altas de fumaça que se levantavam aqui e ali sobre o campo, vindas de construções fumegantes, imprimiam arrepios em nossos corações enquanto olhávamos para o glorioso panorama de Weald.

E então havia os mortos! De início, aqueles intermináveis grupos de rostos torcidos e sorridentes nos enchiam com um terror arrepiante. Tão vívida e aguda foi essa impressão, que posso reviver aquela descida da colina Station, a passagem pela babá e os dois bebês, a visão do velho cavalo de joelhos entre as hastes da carruagem, o condutor torcido sobre o assento, e o jovem lá dentro, com sua mão sobre a porta aberta, no exato momento em que tentava sair. Mais abaixo estavam seis lavradores, todos numa pilha, seus membros se cruzando, seus olhos mortos apontando, sem piscar, para o sol ofuscante. Essas coisas eu vejo como numa fotografia. Mas logo, graças a uma piedosa defesa natural, o nervo ótico superexcitado parou de responder. Justamente a vastidão do horror tirava dele todo o apelo pessoal. Os indivíduos misturavam-se em grupos, os grupos em multidões, as multidões num fenômeno universal que logo se aceitava como o detalhe inevitável de cada cena. Apenas aqui e ali, onde algum incidente particularmente grotesco e brutal chamava a atenção, era que a mente voltava com um choque repentino ao significado pessoal e humano daquilo tudo.

Acima de tudo, havia o destino das crianças. Isso, eu me lembro, encheu-nos com um fortíssimo senso de injustiça intolerável. Quase choramos — sra. Challenger o fez — quando passamos por uma grande escola municipal e vimos o longo rastro de pequeninas criaturas espalhadas pela estrada que começava ali. Elas tinham sido dispensadas por seus aterrorizados professores e estavam correndo para suas casas quando o veneno agarrou-as em sua rede. Um grande número de pessoas estava nas janelas das casas. Em Tunbridge Wells, não havia ninguém que não tivesse a fixidez sorridente no rosto. No último instante, a necessidade de ar, o próprio desejo frenético por oxigênio, que apenas nós tínhamos conseguido satisfazer, trouxeram-nas correndo até a janela. As calçadas também estavam cobertas com homens e mulheres, sem chapéus ou bonés, que correram para fora das casas. Muitos deles tinham caído no meio da pista. Foi uma sorte encontrarmos em lorde John um ótimo motorista, pois não era fácil seguir o caminho. Passando pelas vilas e cidades, podíamos andar apenas numa velocidade mínima e eu me lembro que uma vez, em frente à escola de Tunbridge, fomos obrigados a parar, para carregar os corpos que bloqueavam nosso caminho.

    Algumas pequenas, mas claras imagens se destacam em minha memória, em meio àquele vasto panorama da morte ao longo das estradas montanhosas de Sussex e Kentish. Uma era a de um carro enorme e brilhante, parado fora de uma estalagem na cidade de Southborough. Dentro dele havia, eu suponho, um grupo feliz que voltava de uma festa, e refazia o trajeto de Brighton a Eastbourne. Havia três mulheres com vestidos alegres, uma delas com um cachorro pequinês em seu colo. Com elas, estavam um senhor de olhar dissoluto e um jovem aristocrata, seu monóculo ainda no rosto, seu cigarro queimado até o filtro entre os dedos de sua mão enluvada. A morte deve ter chegado até eles num instante e fixado-os como estavam. Com exceção do senhor mais velho que, num último momento, desapertou o colarinho num esforço para respirar, todos eles podiam estar dormindo. De um lado do carro, um garçom, com alguns copos quebrados ao lado de uma bandeja, estava encolhido junto ao para-lama. No outro lado, dois mendigos muito esfarrapados, um homem e uma mulher, permaneciam onde tinham caído, o homem com seu braço longo e fino ainda esticado, como ficava quando ele pedia esmolas durante sua vida. Uma fração de segundo havia colocado o aristocrata, o garçom, o mendigo e o cachorro numa mesma classe de protoplasma inerte e sem dissolução.

    Eu me recordo de outra imagem singular, algumas milhas para o lado em que Seven-oaks dava para Londres. Havia um grande convento à esquerda, com uma longa e verde colina na frente. Sobre esta colina estavam reunidas muitas crianças de colégio, todas ajoelhadas rezando. À frente, havia uma linha de freiras, e mais acima na ladeira, diante delas, uma única figura que supomos ser a da Madre Superiora. Ao contrário dos farristas no automóvel, essas pessoas pareciam ter sido avisadas do perigo e ter morrido poeticamente juntas, as professoras e os alunos, reunidos para uma última aula comum.

Minha mente ainda está atônita com essa terrível experiência, e eu procuro meios de expressão por meio dos quais possa reproduzir as emoções que senti. Talvez seja melhor e mais sábio não tentar fazê-lo, mas apenas me limitar a enumerar os fatos. Até Summerlee e Challenger estavam abatidos, e não ouvíamos nada de nossos companheiros no banco de trás, a não ser um choramingo ocasional da sra. Challenger. Quanto a lorde John, ele estava muito atento ao volante e à tarefa difícil que era abrir caminho por entre rodovias como aquelas, para que tivesse tempo ou impulso de conversar. Ele usava uma frase, repetindo-a tão cansativamente que ela se grudou à minha memória e acabou parecendo-me um comentário engraçado para o dia do juízo final.

— U-lá-lá! Que coisa!

Essa era sua exclamação a cada nova e tremenda combinação entre morte e desastre que se mostrava diante de nós. "U-lá-lá! Que coisa!" ele exclamava, enquanto descíamos a colina Station em Rotherfield, e ainda era "U-lá-lá! Que coisa!" enquanto escolhíamos nosso caminho através do labirinto da morte na rua High de Lewisham e na rua Old Kent.

Foi nesse ponto que recebemos um choque súbito e impressionante. Da janela de uma casa humilde de esquina surgiu um lenço ondulante, balançando na ponta de um longo e fino braço humano. Nunca a visão da morte inesperada fizera nossos corações pararem e começarem a pular tão loucamente quanto fez essa incrível demonstração de vida. Lorde John levou o automóvel para a beira da calçada e, num instante, passamos correndo pela porta aberta da casa e subimos as escadas até o quarto da frente, no segundo andar, de onde viera sinal.

Uma senhora muito velha estava sentada numa cadeira perto da janela aberta, e a seu lado, deitado sobre uma segunda cadeira, repousava um cilindro de oxigênio, menor, mas do mesmo formato dos que salvaram nossas vidas. Ela virou seu rosto fino, no qual os óculos não escondiam a emoção, e olhou para nós enquanto chegávamos à entrada do quarto.

— Eu estava com medo de ficar abandonada aqui para sempre — disse ela —, pois sou uma inválida e não posso me mover.

— Bem, madame — respondeu Challenger —, é uma grande sorte que tenhamos passado por aqui.

— Eu tenho uma pergunta de extrema importância para fazer aos senhores — disse ela. — Cavalheiros, eu peço que sejam sinceros comigo. Que efeito esses eventos terão nas ações da ferrovia Londres-Noroeste?

Nós podíamos ter rido não fosse a trágica ansiedade com a qual ela ouviu nossa resposta. A sra. Burston, pois esse era seu nome, era uma viúva idosa cuja única fonte de renda dependia de uma pequena cota de ações. Sua vida fora regulada pela alta e pela baixa dos dividendos, e ela não podia conceber qualquer forma de existência que não fosse afetada pela cotação das suas ações. Em vão, explicamos-lhe que todo o dinheiro do mundo estava à sua disposição e seria inútil após tê-lo pego. Sua mente envelhecida não se adaptaria à nova ideia e ela chorou muito por suas ações perdidas. — Era tudo que eu tinha — ela urrava. — Se isso se foi, é melhor que eu me vá também.

Durante suas lamentações, descobrimos como essa planta velha e frágil sobrevivera onde toda a grande floresta desabara. Ela era realmente inválida e asmática. Oxigênio fora receitado para sua doença e um tubo estava em seu quarto no momento da crise. Ela havia naturalmente inalado uma quantidade dele como era seu hábito quando tinha dificuldade de respirar. Aquilo lhe dera alívio e, ao racionar seu suprimento, ela conseguiu sobreviver à noite. Finalmente caíra no sono e tinha acordado com o barulho de nosso carro. Como era impossível levá-la conosco, asseguramo-nos que ela tivesse todas as necessidades para viver e prometemos que entraríamos em contato daqui a uns dois dias no máximo. Então a deixamos, ainda em prantos amargos pelas ações desaparecidas.

Quando nos aproximamos do rio Tâmisa, o bloqueio nas ruas aumentou e os obstáculos se tornaram mais espantosos. Foi com dificuldade que conseguimos atravessar a ponte de Londres. As entradas da ponte do lado de Middlesex estavam engasgadas, do começo ao fim, com o tráfego congelado que tornava impossível qualquer avanço naquela direção. Um navio queimava brilhante ao lado de um cais perto da ponte e o ar estava cheio de fuligens ondulantes e do cheiro forte e azedo dos incêndios. Havia uma nuvem densa de fumaça em algum lugar nas redondezas do Parlamento, mas era impossível, de nossa localização, vermos o que estava pegando fogo.

— Eu não sei o que vocês acham — observou lorde John, enquanto freava o carro —, mas me parece que o campo está mais alegre que a cidade. Londres morta está me dando nos nervos. Eu sugiro que se dê meia-volta para Rotherfield.

— Confesso que não sei o que podemos esperar disto aqui — disse o professor Summerlee.

— Por outro lado — disse Challenger, com sua voz sonora ecoando estranhamente em meio ao silêncio —, é difícil concebermos que, de sete milhões de pessoas, apenas uma velha, por alguma peculiaridade de sua constituição ou algum acidente de ocupação, tenha conseguido sobreviver a essa catástrofe.

— Se existem outros, que esperanças podemos ter de encontrá-los, George? — perguntou a senhora. — E, no entanto, concordo com você que não podemos voltar enquanto não acabarmos de tentar.

Saltando do carro e deixando-o junto à guia, andamos com alguma dificuldade ao longo da calçada superlotada da rua King William e entramos pela porta aberta de um amplo escritório de uma seguradora. Era uma casa de esquina e a escolhemos por ser um ponto de observação privilegiado em todas as direções. Subindo as escadas, passamos pelo que eu suponho ter sido a sala de reuniões, pois oito homens estavam sentados em volta da longa mesa no centro da sala. A janela comprida estava aberta, e todos entramos na sacada. De lá podíamos ver as rodovias cheias, irradiando-se em todas as direções, enquanto abaixo de nós a rua estava inteiramente preta devido ao teto dos táxis parados. Todos, ou quase todos, estavam apontados para fora do perímetro urbano, mostrando como os apavorados homens da cidade, no último momento, tinham feito uma vã tentativa de juntar-se às suas famílias nos subúrbios ou no campo. Aqui e ali, entre os táxis mais humildes, elevava-se a lataria do grande automóvel de algum magnata, irremediavelmente preso no fluxo maldito do tráfego parado. Logo abaixo de nós, havia um como esses, muito grande e de aparência muito luxuosa, com seu dono, um velho gordo, caído para fora, com meio corpo atravessando a janela, e sua mão gorducha esticada, brilhando de diamantes, enquanto ele ordenava ao motorista que fizesse um último esforço para romper o engarrafamento.

Vários ônibus motorizados elevavam-se como ilhas nesse dilúvio, os passageiros que se aglomeravam nos andares de cima estavam deitados, todos encolhidos uns perto dos outros, uns nos colos dos outros como uma brincadeira infantil num jardim de infância. No largo pedestal de um poste, no centro da rua, havia um policial, apoiando suas costas no poste numa atitude tão natural que era difícil perceber que ele estava morto, enquanto a seus pés deitava-se um menino maltrapilho que vendia jornais, com um pacote deles no chão a seu lado. Uma charrete entregadora de jornais havia ficado bloqueada no trânsito, e podíamos ler, em letras grandes, preto sobre o amarelo: "Escândalo em Lord. Final do Campeonato Interrompida." Essa deve ter sido uma edição anterior, pois havia outros cartazes que traziam as manchetes "Será Isso o Fim? O Aviso do Grande Cientista." Ou outro: "Terá Challenger Razão? Boatos Ameaçadores."

Challenger apontou para sua esposa o último cartaz, que se destacava como uma bandeira por sobre a multidão. Eu podia vê-lo encher o peito e acariciar a barba enquanto olhava para o cartaz. Agradava e lisonjeava àquela mente complexa pensar que Londres morrera com seu nome e suas palavras ainda presentes em seus pensamentos. Suas emoções eram tão evidentes que inspiraram o irônico comentário de seu colega.

— O centro das atenções finalmente, Challenger — Summerlee observou.

—Assim parece—respondeu ele, complacentemente. — Bem — acrescentou, enquanto olhava para a longa vista abaixo, por ruas que se espalhavam todas silenciosas e engasgadas com a morte —, eu não vejo que propósito seria beneficiado ao ficarmos mais tempo em Londres. Sugiro que voltemos imediatamente para Rotherfield e, então, discutamos sobre como iremos empregar proficuamente os anos que temos pela frente.

Apenas uma outra imagem devo eu lhes dar das cenas que carregamos de volta em nossa memória da *City** morta. É um relance que tivemos do interior da antiga igreja de St. Mary, situada no ponto exato onde nosso carro nos esperava. Abrindo caminho por entre as figuras prostradas sobre os degraus, empurramos a porta de vai-e-vem e entramos. Era uma visão maravilhosa. A igreja estava repleta de uma ponta à outra de figuras ajoelhadas em todas as poses de súplica e humildade. No último instante terrível, postas repentinamente face a face com as realidades da vida, aquelas assombrosas realidades que pairam acima de nós enquanto seguimos as sombras, as pessoas apavoradas tinham corrido para as velhas igrejas da *City*, que por gerações mal tinham reunido uma congregação. Ali, elas se agruparam tão próximas quanto permitia sua posição genuflexa, muitas ainda usando seus chapéus devido à agitação em que se encontravam, enquanto acima delas, no púlpito, um homem jovem em roupas civis estava, aparentemente, discursando quando ele e todos os outros tinham sido arrebatados pelo mesmo destino. O jovem estava deitado agora como *Punch*** em seu palanque, com sua cabeça e seus dois braços imóveis pendurados sobre a beirada do púlpito. Era um pesadelo, a igreja cinzenta e empoeirada, as filas de silhuetas agonizantes, a penumbra e o silêncio que tudo encobriam. Caminhamos por ali nas pontas de nossos pés, sussurrando abafadamente.

E então, de repente, eu tive uma ideia. De um lado da igreja, perto da porta, ficava a antiga fonte; e atrás dela, um recesso profundo no qual se penduravam as cordas para os tocadores do sino. Por que não

---

* A *City*, como é conhecida a parte mais antiga de Londres, atualmente abriga o centro comercial e financeiro da cidade. N. do T.
** *Punch* é o nome da figura grotesca e corcunda que compõe um tradicional show de marionetes na Inglaterra, conhecido como *Punch and Judy*. N. do T.

poderíamos mandar uma mensagem por toda a Londres, que atraísse até nós qualquer um que pudesse ainda estar vivo? Eu corri até lá e, puxando a corda, fiquei surpreso com minha dificuldade em balançar o sino. Lorde John me seguira.

— Por Deus, meu jovem rapaz! — disse ele, tirando o casaco. — Você teve uma ideia danada de boa. Dê-me um espaço e logo conseguiremos movê-lo.

Mas, mesmo assim, o sino era tão pesado que só quando Challenger e Summerlee adicionaram seu peso ao nosso foi que ouvimos o rugido e o dobrar sobre nossas cabeças, avisando-nos que o grande badalo começara a tocar sua música. Na distância, sobre Londres morta, ressoou nossa mensagem de amizade e esperança, aberta a qualquer sobrevivente da raça humana. Aquele forte chamado metálico alegrou nossos próprios corações, e nos empenhamos ainda mais ansiosos em nosso trabalho, tirando os dois pés do chão a cada repuxo para cima da corda, mas todos num esforço conjunto na hora de puxar para baixo. Challenger puxava mais para baixo do que todos, empregando todas as suas forças na tarefa e saltando para cima e para baixo como um sapo-boi, coaxando a cada puxão. Naquele momento, um artista poderia ter fotografado os quatro aventureiros, os companheiros de muitos perigos estranhos no passado, mas que o Destino agora havia escolhido para uma experiência suprema. Por meia hora trabalhamos, o suor pingando de nossos rostos, nossos braços e costas doendo com o esforço. Então, saímos para o pórtico da igreja e olhamos ansiosamente para cima e para baixo das ruas silenciosas e cheias de gente. Nem um som, nem um movimento, em resposta a nossos chamados.

— Não adianta. Não restou ninguém — eu gritei.

— Não podemos fazer mais nada — disse a sra. Challenger. — Pelo amor de Deus, George, vamos voltar para Rotherfield. Uma hora a mais na *City*, silenciosa e assustadora como está, certamente me deixaria louca.

Entramos no carro sem dizer uma palavra. Lorde John deu a volta e rumou em direção ao sul. Para nós, o capítulo parecia terminado. Mal antevíamos o capítulo novo e estranho que iria começar.

———✷———

CAPÍTULO 6

O GRANDE DESPERTAR

Chego agora ao final desse incidente extraordinário, cuja importância o torna preponderante não apenas em nossas pequenas existências individuais, mas na história geral da raça humana. Como eu disse ao começar minha narrativa, quando essa história vier a ser escrita, tal episódio certamente se destacará dentre todos os outros eventos, como uma montanha erguendo-se em meio a suas colinas adjacentes. Nossa geração foi reservada para um destino muito especial, já que foi escolhida para experimentar algo tão maravilhoso. Quanto tempo durará seu efeito — por quanto tempo a humanidade conseguirá preservar a humildade e a reverência que esse grande choque lhe ensinou somente o futuro poderá mostrar. Estou seguro ao dizer que as coisas nunca mais poderão ser as mesmas. Nunca se pode saber o quão impotente e ignorante se é, e o quanto se é sustentado por uma mão invisível, até que por um instante essa mão tenha ameaçado se aproximar e esmagar a todos. A morte tem sido algo iminente para nós. Sabemos que, a qualquer momento, pode se tornar novamente. Essa presença austera joga sombra sobre nossa vida, mas quem pode negar que nessa sombra o sentido de dever, o sentimento de sobriedade e responsabilidade, o apreço a gravidade e aos objetos da vida, o desejo firme de nos desenvolvermos e aperfeiçoarmos cresceram e se tornaram reais dentro de nós, a um ponto em que nivelou toda a nossa sociedade do começo ao fim? É alguma coisa que ultrapassa os grupos e os dogmas. E, melhor dizendo, uma alteração de perspectiva, uma mudança em nosso senso de proporção, uma vívida percepção de que somos criaturas insignificantes e evanescentes, existindo no sofrimento e graças à piedade do primeiro sopro gelado do desconhecido. Mas se o mundo se tornou mais sério com esta certeza, ele não virou, eu acho, consequentemente, um lugar mais triste. Sem dúvida, nós todos concordamos que os prazeres mais sóbrios e controlados do presente são mais profundos, bem como mais sábios, do que a agitação barulhenta e fútil, que tantas vezes se disfarçava de divertimento nos velhos tempos — dias tão recentes e, no entanto, tão inconcebíveis. Essas existências vazias que foram desperdiçadas recebendo e fazendo visitas inúteis, preocupando-se com numerosas e desnecessárias criadagens, no preparo e no consumo de refeições elaboradas e tediosas, agora encontraram descanso e saúde na leitura, na música, na gentil comunhão familiar que advém de uma distribuição mais simples e mais sensata de seu tempo. Com maior saúde e maior prazer, elas são mais ricas do que antes, mesmo depois de terem pago contribuições elevadas para esse fundo comum, que podem elevar o padrão de vida nestas ilhas.

Existe um choque de opiniões quanto à hora exata do grande despertar. Geralmente, concorda-se que, descontada a diferença dos relógios, causas locais possivelmente influenciaram a ação do veneno. É certo, porém, que, em cada um dos distritos, a ressurreição foi praticamente simultânea. Existem inúmeras testemunhas de que o Big Ben indicava dez minutos depois das seis no momento. O Astrônomo Real marcou a hora de Greenwich em seis e doze. Por outro lado, Laird Johnson, um observador muito competente na Anglia Oriental* do país, registrou a hora em seis e vinte. Nas Hébridas** já eram sete horas. Em nosso caso, não há dúvida nenhuma, pois eu estava sentado no escritório de Challenger com seu cronômetro, cuidadosamente testado, na minha frente naquele instante. Eram seis e quinze.

 Uma enorme depressão pesava sobre nossos espíritos. O efeito cumulativo das visões horripilantes que tínhamos visto em nossa viagem pesava sobre minha alma. Com minha abundante saúde animal e grande energia física, qualquer tipo de conturbação mental era um acontecimento raro. Eu tinha a capacidade irlandesa de ver um brilho de humor em toda a escuridão. Mas agora a obscuridade era apavorante e sem trégua. Os outros estavam no andar de baixo fazendo seus planos para o futuro. Eu sentei junto à janela quebrada, meu queixo repousando em minha mão e minha mente absorvida pela miséria de nossa situação. Será que podíamos continuar a viver? Essa era a pergunta que eu começara a me fazer. Seria possível existir num mundo deserto? Assim como na física o corpo maior atrai para si o menor, não iríamos sentir uma atração avassaladora vinda daquele vasto corpo de humanidade que havia passado para o desconhecido? Como chegaria o nosso fim? Seria ele provocado por um retorno do veneno? Ou

---

* Anglia Oriental é a região mais a leste da Inglaterra que agrupa os condados de Norfolk Suffolk e partes de Cambridgeshire e Essex. N. do T.
** Hébridas é o nome de um conjunto de ilhas a oeste da Escócia, em sua costa atlântica. N. do T.

ficaria a Terra inabitável devido aos produtos mefíticos da decadência universal? Ou, finalmente, poderia a nossa lamentável situação nos atraiçoar e desequilibrar nossas mentes? Um grupo de amigos enlouquecidos num mundo deserto! Minha mente estava revolvendo essa última ideia terrível quando algum barulho sutil me fez olhar para baixo até a estrada mais adiante. A velha carruagem estava subindo a colina!

No mesmo momento, eu tomei consciência do canto de passarinhos, de alguém tossindo embaixo no jardim e de um movimento geral na paisagem. Contudo, lembro-me de que foi aquela absurda, enfraquecida e obsoleta carruagem que prendeu meu olhar. Lenta e ofegante, ela estava subindo a ladeira. Então, meu olho viajou até o motorista, que sentava encolhido sobre o banco, e finalmente até o jovem que estava debruçado para fora da janela, com alguma excitação e gritando orientações para o motorista. Eles estavam todos, indubitavelmente, vivos!

Tudo vivia novamente! Será que tudo fora uma ilusão? Seria concebível que todo o incidente com a nuvem da morte tivesse sido um sonho muito elaborado? Por um instante, meu cérebro intrigado estava realmente pronto para acreditar que sim. Eu olhei para baixo e lá estava a bolha crescente em minha mão, onde a corda do sino da *City* a machucara. Aquilo tudo acontecera, então. Porém, aqui estava o mundo ressuscitado — aqui estava a vida novamente, numa instantânea cheia da maré que atingia todo o planeta. Agora, enquanto meus olhos percorriam aquela enorme paisagem, eu a via em todas as direções — e se movendo, para meu assombro, no mesmo ritmo em que havia parado. Lá estavam os golfistas. Seria possível que eles fossem continuar o seu jogo? Sim, havia um sujeito dando sua primeira tacada e aquele outro grupo sobre o *green* estava, com certeza, tentando o buraco. Os lavradores estavam lentamente se reunindo para voltar ao trabalho. A babá deu um tapa numa das crianças por quem era responsável e, então, começou a empurrar o carrinho colina acima. Todos retomaram despreocupadamente o fio no ponto exato onde o haviam largado.

 Eu corri escadas abaixo, mas a porta do hall estava aberta, e ouvi as vozes de meus companheiros no quintal, altas, surpresas e festivas. Como todos nós apertamos nossas mãos e rimos quando nos juntamos, e como a sra. Challenger nos beijou em toda a sua emoção, antes de se lançar ao abraço de urso do marido!

 — Mas eles não podiam estar dormindo! — Gritou lorde John. — Ora bolas, Challenger, você não quer que eu acredite que essas pessoas estavam dormindo com os olhos abertos e membros endurecidos, e aquele terrível sorriso funéreo nos rostos!

 — Só pode ter sido a condição denominada catalepsia — disse Challenger. — Ela foi um fenômeno raro no passado e tem sido constantemente confundida com a morte. Enquanto dura, a temperatura cai, a respiração desaparece e o bater do coração é inaudível. Na verdade, ela é a morte, mas é apenas evanescente. Mesmo a mente mais aberta — aqui ele fechou os olhos e afetou um sorriso — não poderia ter previsto que fosse irromper em todo o universo como aconteceu.

 — Você pode rotulá-la de catalepsia — observou Summerlee —, mas, no final das contas, isso é apenas um nome, e sabemos tão pouco do resultado quanto sabemos do veneno que o causou. O máximo que podemos dizer é que o éter viciado provocou uma morte temporária.

 Austin estava sentado, todo confuso, no para-lama do carro. Fora a sua tosse que eu ouvira lá de cima. Ele estivera segurando sua cabeça em silêncio, mas agora estava murmurando para si mesmo e percorrendo o carro com seus olhos.

— Jovem cabeça-de-bagre! — ele resmungou. — Não pode deixar as coisas quietas!

— Qual é o problema, Austin?

— As válvulas do óleo estão abertas, senhor. Alguém andou mexendo no carro. Acredito que seja o menino da jardinagem, senhor.

Lorde John parecia culpado.

— Eu não sei o que está errado comigo — continuou Austin, erguendo-se cambaleante. — Acho que desmaiei quando estava lavando o carro. Eu acho que me lembro de ter caído por sobre o para-lama. Mas juro que nunca deixei essas válvulas abertas.

Numa narrativa condensada, o atônito Austin tomou conhecimento do que acontecera a ele e ao mundo. O mistério do vazamento também lhe foi explicado. Ele ouviu com um ar de profunda desconfiança quando lhe contamos que um amador havia dirigido seu carro, e com um interesse absoluto as poucas frases nas quais se registraram nossas experiências na cidade adormecida. Eu consigo me lembrar de seu comentário quando a história foi concluída.

— O senhor estava do lado de fora do Banco da Inglaterra, senhor?

— Sim, Austin.

— Com todos aqueles milhões lá dentro e todos dormindo?

— Isso mesmo.

— E eu aqui! — ele rosnou e voltou uma vez mais a lavar decepcionadamente o seu carro.

Ouviu-se um repentino ranger de rodas no cascalho da entrada. A velha carruagem de aluguel havia realmente parado na porta de Challenger. Eu vi o jovem ocupante sair. Um instante depois, a empregada, que parecia descabelada e espantada como se acabasse de acordar do sono mais profundo, apareceu com um cartão numa bandeja. Challenger bufou ferozmente enquanto olhava para o cartão, e sua espessa cabeleira negra parecia encrespar-se pela raiva.

— Um jornalista! — ele grunhiu. Então, disse com um sorriso de desaprovação. — Afinal de contas, é natural que o mundo inteiro tenha pressa em saber o que eu penso de tal episódio.

— É difícil que seja esse o motivo de sua viagem — disse Summerlee —, pois ele estava a caminho antes de a crise chegar.

Eu olhei para o cartão: James Baxter, correspondente em Londres, do *Monitor de Nova Iorque*.

— Você vai atendê-lo? — perguntei.

— Eu não.

— Oh, George! Você deveria ser mais gentil e ter mais consideração para com os outros. Certamente você aprendeu alguma coisa depois de tudo o que passamos.

Ele fez um gesto de impaciência e balançou sua grande e obstinada cabeça.

— Uma raça peçonhenta! Hein, Malone? A erva mais daninha da civilização moderna, a ferramenta sempre pronta a enganar e obstruir o homem de respeito! Eles alguma vez disseram uma palavra elogiosa sobre mim?

— Alguma vez você disse uma palavra elogiosa sobre eles? — eu respondi. — Vamos lá, meu caro, é um estranho que fez uma viagem para vê-lo. Tenho certeza de que você não será rude com ele.

— Bem, bem — ele resmungou —, você vem comigo e fale por mim. Eu protesto de antemão contra uma invasão ultrajante como essa de minha vida privada. Balbuciando e resmungando, ele veio arrastando-se atrás de mim como um mastim doente.

O jovem almofadinha americano sacou o seu caderno e entrou direto no assunto de seu interesse.

— Eu vim aqui, senhor — disse ele —, porque nosso povo na América gostaria muito de ouvir mais sobre esse perigo que está, em sua opinião, ameaçando o mundo.

— Eu não sei de nenhum perigo que esteja agora ameaçando o mundo — respondeu Challenger, secamente.

O jornalista olhou para ele ligeiramente surpreso.

— Refiro-me, senhor, às chances de o mundo entrar numa nuvem de éter envenenado.

— Eu não vejo agora tal perigo — disse Challenger.

O jornalista parecia ainda mais perplexo.

— O senhor é o professor Challenger, não é? — perguntou.

— Sim, senhor; este é o meu nome.

— Eu não entendo, então, como o senhor pode dizer que não há tal perigo. Estou aludindo a sua própria carta, publicada sob seu nome no *Times* de Londres esta manhã.

Foi a vez de Challenger parecer surpreso.

— Esta manhã? — disse ele. — O *Times* de Londres não foi publicado esta manhã.

— Com certeza — disse o americano num suave protesto — o senhor deve admitir que o *Times* de Londres é um jornal diário. Ele apanhou um exemplar do bolso interno. — Aqui está a carta a que me refiro.

Challenger prendeu o riso e esfregou as mãos.

— Começo a entender — disse ele. — Então você leu esta carta hoje de manhã?

— Sim, senhor.

— E veio direto me entrevistar?

— Sim, senhor.

— Você reparou em alguma coisa incomum durante sua viagem?

— Bem, para falar a verdade, o seu povo parecia estar mais alegre e caloroso do que eu jamais vira. O carregador de bagagens começou a me contar uma história engraçada, e essa é uma experiência nova para mim neste país.

— Nada mais?

— Ora, não, senhor, não que eu possa lembrar.

— Bem, agora, a que horas você deixou a estação Victória?

O americano sorriu.

— Eu vim aqui entrevistá-lo, professor, mas até agora "é o gato caçando o rato ou o rato caçando o gato?" O senhor está fazendo a maior parte do trabalho.

— Acontece que me interessa. Você lembra da hora?

— Claro. Era meio-dia e quinze.

— E você chegou?

— Às duas e quinze.

— E alugou a carruagem?

— Isso mesmo.

— Na sua opinião, qual é a distância até a estação?

— Bem, eu acredito que deva ter quase duas milhas.

— Então, quanto tempo você acha que levou para chegar?

— Bem, meia hora, talvez, com aquele asmático guiando.

— Então deveriam ser três horas da tarde?

— Sim, ou um pouquinho mais.

— Olhe em seu relógio.

O americano obedeceu e, então, olhou-nos com espanto.

— Ora! — ele gritou. — Está quebrado. O cavalo bateu todos os recordes, com certeza. O sol já está bem baixo, agora que eu reparei nele. Bem, há uma coisa que eu não entendo.

— Você não se lembra de nada extraordinário enquanto subia a colina?

— Bem, eu acho que me lembro de ficar bastante sonolento por um instante. Recordo-me que eu queria dizer alguma coisa para o motorista e que eu não conseguia fazê-lo me ouvir. Acho que era o calor, mas senti uma tontura momentânea. Isso é tudo.

— Assim foi para toda a raça humana — disse Challenger para mim.

— Todos se sentiram tontos por um momento. Nenhum deles compreende ainda o que aconteceu. Cada um prosseguirá seu trabalho interrompido, como Austin pegou a mangueira e o golfista continuou o seu jogo. Seu editor, Malone, continuará o lançamento de jornais e ficará muito surpreso ao descobrir que um número está faltando. Sim, meu jovem amigo — ele acrescentou, dirigindo-se ao repórter americano, com um ar repentino de genialidade divertida —, pode ser que lhe interesse saber que o mundo nadou com segurança pela corrente envenenada, que vagueia como a corrente do Golfo através do oceano de éter. Você também terá a gentileza de notar, para sua própria conveniência futura, que hoje não é sexta-feira, dia vinte e sete de agosto, mas sábado, dia vinte e oito, e que você se sentou desacordado em sua carruagem por vinte e quatro horas na colina Rotherfield.

E "bem aqui", como diria meu colega americano, eu chego ao fim da narrativa. Ela é, como vocês provavelmente sabem, apenas uma versão mais completa do resumo que apareceu na edição de segunda-feira da *Gazette*, um resumo que tem sido universalmente encarado como a melhor matéria jornalística de todos os tempos, pois vendeu nada menos do que três milhões e meio de cópias do jornal. Enquadradas na parede de meu santuário, eu conservo aquelas magníficas manchetes:

Vinte e Oito Horas de Coma Mundial
Experiência Sem Precedentes
Challenger Tinha Razão
Nosso Correspondente Escapa
Emocionante Narrativa
O Quarto de Oxigênio
Estranha Viagem de Automóvel
Londres Morta
Recolocando a Página que Faltava
Grandes Incêndios e Perda de Vidas
Acontecerá Novamente?

Sob este pergaminho glorioso vinham as nove colunas e meia da narrativa, nas quais aparecia a primeira, e última, e única versão da história do planeta, até onde um observador poderia apreender, durante um longo dia de sua existência. Challenger e Summerlee trataram do assunto num artigo científico conjunto, mas apenas a mim foi reservada a versão popular. Certamente eu posso cantar *Nunc Dimittis**. O que sobra na vida de um jornalista senão o anticlímax depois disso!

Mas não me deixem terminar com manchetes sensacionalistas e um simples triunfo pessoal. Em vez disso, permitam-me citar as passagens sonoras com que o maior dos jornais diários fechou seu editorial sobre o assunto — um editorial que bem poderia ser guardado como referência para todo o homem consciencioso.

— Tem sido um lugar-comum — disse o *Times*, — que a nossa raça humana é uma gente frágil ante as forças infinitas latentes a nossa volta. Dos profetas de antigamente e dos filósofos de nosso tempo, a mesma

---

* A citação completa seria *Nunc dimittis serrvuum tuum, Domine*, "Agora despedes o teu servo, Senhor," como diz Simeão após ver Jesus no templo, em Lucas 2,29. N. do T.

mensagem e aviso têm chegado a nós. Mas, como todas as verdades muitas vezes repetidas, esta perdeu com o tempo parte de sua atualidade e força. Uma lição, uma real experiência, fazia-se necessária para botá-la novamente em pauta. É desse teste salutar, mas terrível, que acabamos de emergir, com mentes que ainda estão chocadas pelo caráter repentino do golpe, e com almas que estão purificadas pela realização de nossas próprias limitações e impotência. O mundo pagou um preço assustador por seu aprendizado. Mal sabemos ainda a extensão real do desastre, mas a destruição, pelo fogo, de Nova Iorque, Orleans e Brighton constitui, em si, uma das maiores tragédias da história de nossa raça. Quando for completado o levantamento dos acidentes ferroviários e marítimos, fornecerá uma triste leitura, apesar de haver indícios de que, na vasta maioria dos casos, os motoristas dos trens e engenheiros de barcos a vapor conseguiram desligar seus motores antes de sucumbirem ao veneno. Mas o dano material, por maior que seja tanto em vidas como em propriedades, não é a consideração que dominará nossas mentes hoje. Tudo isso pode ser esquecido com o tempo. Mas o que não será esquecido, e que continuará e deve continuar a obcecar nossa imaginação, é essa revelação das possibilidades do universo, essa destruição de nossa autocomplacência ignorante, essa demonstração do quão estreito é o caminho de nossa existência material e dos abismos que podem se esconder em cada lado dela. Solenidade e humildade estão na base de nossas emoções hoje. Talvez elas sejam as fundações sobre as quais uma raça mais austera e reverente possa construir um templo mais digno.